小説家の姉と

小路幸也

宝島社文庫

宝島社

小説家の姉と

一

物心ついた頃から僕の部屋は二階の四畳半で、畳の上に深緑色のカーペットが敷いてあった。

廊下の向かい側の六畳間は姉さんの部屋で、やっぱり畳の上に青いカーペットが敷いてあった。

両方とも和室なのはこの家が、父さんの方のおじいちゃんが建てた家だからだ。父さんが生まれる前に建てられて、築六十年弱っていうから本当に古い。あちこち歪《ゆが》んでいたりするけどお風呂とトイレと台所は十年ぐらい前にリフォームしてるし、まぁ普通に暮らす分には別に問題はない。冬は隙間風が寒かったり夏は虫がよく入り込んだりもするけれど、それはたぶん許容範囲だと思う。

四畳半の僕の部屋は勉強机とシングルベッドでもうほとんどいっぱいいっぱいで、中学のときに父さんと一緒に本棚を作って置いたら、本当に床が見えている部分がなくなったぐらいだ。僕の部屋が姉さんの部屋より狭いのは廊下の奥に大きな納戸があったからだけど、それを不満に思うことはまったくなかった。

本当に不満はなかったのだけど、それはひょっとしたら小さい頃に、まだ何にもわからない頃に姉さんに刷り込まれたせいじゃないかと最近ふと思った。

「私はお姉さんなんだからね。年上の部屋の方が広いのはあたりまえなんだからね。わかるでしょ？」

そんな姉さんの言葉を、何度も何度も聞かされていたような気がするなぁ、と、突然思い出したんだ。そしてその言葉に素直にうんうんと頷《うなず》いて「わかった」と返事していた自分のことも。

小さい頃の記憶って、年を取ってから急にどこかから浮かんでくるものじゃないかなって考えた。年を取ったって言っても僕はまだ高校を卒業したばかりで、四月になれば大学生という若造だけど。

それでも、中学生のときにはそんなことを全然思い出しもしなかった。

「大学に入ったら部屋を移ってもいいんじゃない？　それとも二間とも使っても、もういい加減美笑《みえ》も怒らないでしょう」

母さんがそう言ったからだ。

姉さんがこの家を出ていってからも二階の六畳間には相変わらず姉さんの机やベッドが置いてあって、いつまでも〈美笑の部屋〉として家の中のそこに存在し続けて、そして僕はずっと狭い方の四畳半で。

まぁそうだよね、もういい加減二つとも僕の部屋にしてもいいよね、なんて会話をしていたときにふいに思い出したんだ。

小さい頃の姉さんとのそういう会話を。

それから急にいろんなことを、姉さんとのことをどんどん思い出していった。

芋づる式っていうものだ。そうか、大人になるっていうのは自分の幼い頃を思い出すってことなんじゃないかって考えて、これはいつか〈いいことを言う〉ときに使えるなって思って心の中のメモ帳に書いておくことにした。

〈大人になるってことは、幼い頃の自分を思い出すことだ〉

うん、なかなか良い台詞《せりふ》だと悦に入っていた。

五歳上の姉さんが家を出て、都内のマンションで一人暮らしを始めたのは二十一歳の夏だ。僕が高校一年の夏。

また随分中途半端な時期にって思われるだろう。それまでは二十一年間、ずっと一緒に小金井《こがねい》市の家で暮らしていた。小学も中学も高校も大学も、実家から通っていたんだ。弟である僕も当然一緒の小中学校で、高校も同じところに受かったので家から通っていた。

普通の家庭だった。

たぶんそうだと思う。

複雑な家庭の事情など何ひとつないし、同級生たちの家を見回して比べてみても我が家は本当に普通だったと思う。

おじいちゃんが建てた家は東小金井駅から歩いて十分で、小走りで急げば五、六分で着いた。商店街も近くにあるし、あの有名なアニメスタジオもあるし、適当に自然もあるし、都心にだって電車ですぐに着いてしまう。他の町に住んだことはないけれど、けっこう便利で良い町なんじゃないかって思ってる。

父さんは精密機器メーカーの技術者で、今は部長職らしい。母さんと結婚した頃とか姉さんがまだ小さい頃には残業も多くて大変だったらしいけど、今はごく普通の時間に帰ってくる。母さんは基本的には専業主婦だけど、たまにパートにも出たりする。

全然裕福じゃないけど、こうやっておじいちゃんの建てた家に住んでいるから家賃も家のローンもない。おじいちゃんもおばあちゃんも、そう言うと何か薄情者みたいだけどあっさりぽっくり逝ってしまったのでその点でも、金銭面でまるで苦労しなかった。だから姉さんと僕を二人とも大学に通わせることもできる、なんて言っていた。

そして姉さんも僕も、何の問題も起こさない良い子だった。

良い子でいようなんて考えたこともないけれど、悪いことをしたいと思ったこともない。二人とも学校の成績はそこそこでスポーツをやらせてもまぁ上手《うま》くもなく下手でもなくだった。父さんや母さんに強く反抗した記憶もないし、何か特別なことをしたいという欲求もなかった。

強いて言えば姉さんは身長が低いのがコンプレックスで、逆に僕は背が高いのが自慢で、それをネタにして姉弟《きょうだい》で口喧嘩《げんか》をしていて怒られたぐらいだ。

普通だったんだ。

僕も姉さんも。

そしてそれがあたりまえだって思っていた。

周囲では同級生や近所の子供が、ある日突然髪の毛を染めて学校に来なくなったり、鬱病っぽくなってしまったり、いじめに遭って転校したり、なんていうこともあったけれど、それが我が家に何か影響を与えることもなかった。夕食時に「大変よねぇ」なんて母さんが話題にして僕も姉さんもそれに対して「そうだねぇ」なんて答えて、無口な父さんが静かに頷く。母さんが「あなたたちは大丈夫？」なんて訊《き》いたら僕と姉さんはちらっとお互いの顔を見て「別にねぇ？」「そうだね」なんて頷き合っていた。

極端に仲良しでもなく、仲が悪くもなく。

日曜日に父さんが「たまには外食をしよう」なんて言い出したら、僕ら姉弟は多感な時期でも素直に「はーい」と返事をした。「めんどくせぇ」とか「勝手に二人で行ったら」なんて台詞を吐くことなんか考えもしなかった。素直なんじゃなくて、それがあたりまえだと感じていたからだ。

そんな感じの家庭だ。

家庭だった。

そんな我が家に突然のように降って湧いた唯一の特殊な点が、姉さんが〈小説家〉になってしまったということだ。

それは姉さんが二十歳《はたち》になった夏。

大学二年生の夏だ。僕は十五歳の中学生だった。夏休みになっていて僕は部活のバスケに一生懸命で、それでもお盆になる前には一日ぐらい母さんの方のおばあちゃん家、それは千葉の一宮《いちのみや》ってところにあって九十九里《くじゅうくり》浜《はま》がすぐ近くなんだけど、そこに海水浴に行こうかって話はしていた。

もっと小さい頃には毎年の夏休みには一週間ぐらいそこで過ごしていたんだ。いとこなんかも集まってけっこう賑《にぎ》やかな夏休みだった。姉さんが高校生になっていろいろと忙しかったり大学受験なんて年になるとそういうこともどんどん減っていって、お盆にお墓参りしてそのついでにちょっと海で遊んで日帰りで、なんてことになった。たぶん、それも普通のことだと思う。

そして、今年はどうしようかねぇ、なんて晩ご飯のときに母さんが話していたんだ。台所の真ん中に置いてある食卓テーブルを四人で囲んで。母さんが冷蔵庫にマグネットで貼ってある僕の部活のスケジュールとか確認したり、姉さんに何か用事があるの？　って訊いたり。

そこで、姉さんが小さく頷いて、箸を置いたんだ。

「実は、お話があります」

そう言った。

僕と母さんと父さんは思わず動きを止めて姉さんを見てしまってから、二秒後に顔を見合わせた。一体何事があったのかと思ってしまってそれを三人でアイコンタクトで確認し合ってしまった。

三人とも何も知らないいってすぐにわかったのはさすが親子だなって後から思ったけど。

「何？　あらたまって」

姉さんが、僕とは違う母さん似の丸い眼《め》をぱちぱちと動かして、何故《なぜ》か咳払《せきばら》いをした。それからゆっくり立ち上がって居間に行って、テーブルの上に置いてあった雑誌を持って戻ってきた。

「これ、知ってる？」

食卓テーブルの空いているスペースに置いた。さっき姉さんが持ってきて、テーブルに置いたのは気づいていた。何だろうとは思ったけど別に気にもしていなかった。

僕は全然知らなかった雑誌。

小説なんとかってタイトルが書いてあるから、小説とかが載っている雑誌なんだろうと見当はついた。

父さんが、小さく頷いた。

「昔はよく読んだな」

「そうなの？」

思わず訊いてしまった。母さんがうんうん、って頷いた。

「お父さんは文学青年だったものね。文芸誌とかも買っていたし」

あれは文芸誌、って言うのか。

そう言われてみれば父さんはよく小説を読んでいる。僕は、まるっきりとは言わないけれど、そんなには読まない方だと思う。それでもその文芸誌とやらが有名な、誰でも知ってる出版社から出ているのはわかった。

姉さんはそれを開いて、開いたそのページに挟まっていた名刺を出してテーブルに置いた。父さんと母さんと僕とで覗《のぞ》き込んだ。

そこには確かにその有名な出版社の名前と住所と電話番号とメアドと〈文芸編集〉の文字と、女性の名前が書いてあった。

「ここの新人賞を受賞するかもしれないの。今夜、選考会なの」

＊

〈小説家〉なんていう職業の人が身近にいるなんてことは、たぶんほとんどないだろうし、僕もそうだ。そうだった。

姉さんがなってしまったんだ。

〈小説家〉に。

小説を書いていたなんて家族の誰も知らなくて、いつの間にそんなことをしていたんだって父さんが訊いたら「実は高校生の頃から書いていました」って。

別に「小説家になりたい！」という強い願望があったわけじゃなくて、パソコンを覚えた頃、というかキーボードをそこそこ打てるようになった頃に何か長い文章を書いてみたくて、小説を書き出したそうだ。

そういえば、夜中に姉さんの部屋からキーボードを打つ音がよく聞こえていたなぁって僕は思い出して、でも僕だって普通にキーボードを打ってツイッターやっていたりしたから、まさか小説を書いているなんて思ってもみなかった。

姉弟二人揃《そろ》って自分のパソコンを持っていたっていうのは、父さんの教育方針みたいだった。これからの時代はパソコンを自由自在に扱えないと困ると考えて、僕たちが中学に入ると同時に買い与えてくれたから。おかげさまで僕は大抵のことはできるようになったので感謝してるんだけど、姉さんは全然だった。ただ、キーボードを打てるというだけ。何かトラブるとパニックになってしまってよく僕の部屋に駆け込んできていた。

家族の一人が小説家になってしまったからって、何か特別なことが起こるわけでもなかった。友人の中には何かとんでもない華やかな世界に姉さんが入ってしまって、それで僕もその中に入るんじゃないかと誤解するのもいたけど、何もなかった。

そもそも、小説家なんて世間一般の人はあまり知らないんだ。

これが芥川《あくたがわ》賞とか直木《なおき》賞とかいう有名な文学の賞を取って、新聞や雑誌やＹａｈｏ

o！ニュースなんかに顔とかが載れば、そして載ったその人がおもしろかったり美人だったりしたら確かに話題になって顔も売れて有名になっていろいろとすごいんだろうけど、そうじゃない。
姉さんが受賞したのは新人賞で、その新人賞の名前を知ってる人なんて僕の周りには誰もいなかった。もちろん僕も知らなくて、家族で知っていたのは父さんだけだ。確かにニュースには流れたけどそれも本当に一瞬だった。親戚から電話が来ることさえなかったんだ。

そして、姉さんのデビュー作もまったく売れなかった。

タイトルは『日々の坂』だ。

地味だった。

おもわず眼をぱちくりとしてしまったほど地味だった。小説の本の表紙のデザインのことを〈装幀《そうてい》〉っていうのも僕はその頃に初めて知ったんだけど、それもかなり地味だった。まぁセンスが悪いとは思わなかったけれど、どう考えても売れそうもなかった。

加えて言うと、姉さんも地味な女性だ。

しかも背が低い。

美笑っていう名前のおかげなのかどうかはわからないけど、とりあえず笑顔はいいねってよく言われて愛嬌《あいきょう》だけはあるみたいだけど、基本的には普通だ。

それは別に小説を書くのにはまるで関係ない。でも、ある女性作家さんでものすごく可愛《かわい》くてそれだけで小説を読まない人にもアピールしていたのはニュースになっていたけど、姉さんはそんな可能性はゼロだった。

だから、姉さんの生活も僕ら家族の生活もまるで変わらなかった。

父さんと母さんが喜んで、姉さんの載った新聞の記事や雑誌のインタビューなんかを集めてスクラップして、なおかつデビュー作を、見本にもらった十冊じゃ足りなくて、本屋を回って二十冊も買い込んで親戚やらなんやらに配ったけれど、そういうのもすぐに終わった。

それでも、姉さんの中では何かが変わっていったみたいだ。

受賞して出版社の編集者といろいろ付き合いが始まって、デビューして他の出版社からも執筆依頼があって、自分の中でどんどん〈作品を書く〉というものがどういうものかわかっていったみたいで、少し顔つきも変わったなって思った。

父さんが「職業は人を変えるんだ」って言ってた。

たぶん、そういうことなんだろう。それこそ〈印税〉や〈原稿料〉っていう名前のアルバイト代が貰《もら》えるみたいな感覚で始めた執筆活動は、どんどん姉さんを〈小説家〉へと変えていった。

そして、デビューして一年後に、一人暮らしをすると言い出して自分の稼いだお金で東京のマンションを借りて引っ越していった。

「生活しながら書くということを、きちんと一人でやりたいの」

そういうふうに言って。

父さんも母さんも、今まで一人暮らししたことない姉さんを少しは心配したみたいだけど、もう二十一歳で大人なんだし、ささやかではあるけれど小説家として収入もあるんだからって納得して送り出した。ただし、大学はきちんと卒業することを条件にして。

僕はまぁ、特に何も思わなかった。

いつかは家を出ていくんだろうって思っていたし、めちゃくちゃ仲が良かったというわけでもないし、これでお風呂やトイレや洗面所の順番で揉《も》めることもなくなるんだなぁって感じただけだ。

実際、姉さんが引っ越していったその翌日から、しばらくはそれを感じていた。ああもう姉さんがいないから、順番を考えてなくていいなぁって。

でも、それも、二週間もしないうちに慣れた。

姉さんのいない、父さんと母さんと僕だけの家族三人の暮らしはあっという間にそれが日常になっていった。

そして、姉さんがたまに家に帰ってくると、父さんはいつもより口数が多くなったし、母さんはにこにこしているし、姉さんも僕に話しかける口調がすごく優しくなった。

それも、年を取るってことなのかとか、こうやって家族は変わっていくんだな、なんてことを考えたり。

＊

別にあえてそうしようとしたわけじゃないんだけど、僕は姉さんが卒業した都内の大学に受かった。

これで小学校から大学まで僕ら姉弟は全部同じ学校に通うことになってしまったんだ。友人からは「どんだけ仲良いんだ」とからかわれたけど、全然そんな気はない。

たまたま僕たちの学力がまったく同じ程度だったというだけの話だ。そして、何か特別なことを学びたいという目標もなかっただけの話。

そして僕も姉さんと同じように、大学に入学したら一人暮らしをしようなんて思いもしないで、家から通うつもりでいた。

だって、電車で普通に通えるからだ。

強いて一人暮らしをする必要はない。そもそも都内に僕のためにアパートやマンションを借りる余裕なんか家にはない。もしも、大学に入っていろいろ思うところがあって一人暮らしをしたくなったら、アルバイトでも何でもして家賃分ぐらいは稼げるようになってからにしようと考えていた。

そして実際、自宅から通うことには何の不都合もなかったんだ。

姉さんも言っていたけど、講義に真面目《まじめ》に通うとけっこう大変だった。もちろん昼間のアルバイトなんかできるはずもない。やったとしても夜になってしまって、めちゃくちゃ疲れるだろうことはわかった。

講義が終わってまっすぐ帰ったら晩ご飯ができているっていうのは、本当にありがたいことだ。高校生の頃だって同じ環境だったのに、大学に入るとこんなに気持ちが変わるのかって驚いたんだ。

たぶん、地方から来てアパートやマンションや寮に住んでいる友人ができたから。

その自由さがいいなぁ、って思う半面、大変だよなぁとも思った。入学時にぷくぷくしていた奴《やつ》がどんどん痩せていって、ダイエットにはいいかもしれないけど、それは単純にご飯をきちんと食べていないからだ。

仕送りが厳しいからって居酒屋やコンビニでバイトをしている同級生は毎朝眠そうで、遅刻することもサボることも多くなっていった。

仲良くなった友達のアパートに遊びに行って、皆で適当に持ち寄った食べ物で晩ご飯を済ませて朝まで騒いだりするのは楽しかったけれど、それも僕は家に帰れば何もしなくていいっていう気楽さがあるからだ。

彼女は、なんとなくだけどできてしまって、「それがいちばん大事だろう！」と叫ぶ友人もいたけど彼女の方が一人暮らしだった。

島根県の松江《まつえ》市というところから来た清香《きよか》は、松下《まつした》清香さんとは、合コンで知り合った。お父さんは向こうでスーパーを経営する社長さんというので驚いたけど、そんなに大きなものじゃなくて店は市内に三つしかないって笑っていた。でも、おかげさまでセキュリティのしっかりしてるマンションで一人暮らしできるって話していた。

講義と、仲の良い友達とのバカ騒ぎと、彼女と二人きりの時間。そして、実家での生活。遊ぶお金は自分で稼ごうと思ってやってみたコンビニでのバイト。

姉さんが家にいない大学生活の中身は大体そんなもので、一年があっという間に過ぎていった。

二年生になって一ヶ月が過ぎた頃だ。

夕方の五時三十分過ぎに姉さんから携帯に電話があった。そんなに滅多《めった》にあることじゃないから、ちょっと驚いて電話に出た。

「もしもし」

（朗人《あきと》？　今いい？）

「いいよ。大丈夫」

講義が終わってまっすぐ家に帰るかそれとも本屋にでも寄ろうかって考えていた。それこそ、姉さんの新刊が出ているはずだったから。もちろん家には謹呈本というのが送られてくるんだけど、最低三冊は本屋で買うのが我が家の決まりになっているから。

（あのね、今日これから、家に行こうと思うんだけど、そのときに言うんだけど、朗人に話があるの）

「話？」

（話っていうか、頼みかもしれない）

「頼み？」

そんな単語を姉さんから聞いたことなんか一度もなくてまた少し驚いた。

「何？　どうしたの？」

家に来て話すなんて言うから何か深刻な問題でも起きたのかと思った。でも、姉さんは電話の向こうで少し笑った。恥ずかしそうに、照れ臭そうに。

（あのね？）

「うん」

（一緒に住んでくれないかなって思って）

一緒に住む？

一瞬何を言ってるのかわからなくて、思わず首を捻《ひね》ってしまった。

「僕が姉さんと？」

（そう）

「え？　家に帰ってくるってこと？」

（違うわよ）

くすっ、とまた笑うのがわかった。

（私のマンションで、一緒に住んでくれないかなって思って）

姉さんのマンションに僕が？

「そうしてくれると、心強いかなって思ったんだけど、どう？」

お正月に来たので四ヶ月か五ヶ月ぶりぐらいに家に顔を出した姉さんが、台所の食卓テーブルでそう言った。父さんも母さんも、ふむ、とか、あら、とか声を出して僕を見た。

要するに、こうだ。

姉さんも小説家になって五年ぐらい。

単行本は六冊出ていたし、文庫本も二冊ある。相変わらずそんなに売れてはいないんだけど、弟としては気にしてその手の本やネットなんかで評判を確かめてるけど〈実力はある〉と評価されているみたいだ。印税とか原稿料とかで年収も同い年で大手企業に勤めているＯＬ並みにはあるそうだ。

そして最近少しずつ姉さんは顔も売れてきた。写真を撮られるインタビューなんかが以前とは比べ物にならないぐらいに増えてきた。ネットにも当然顔写真が出てる。

さらに、実は姉さんは本名で作家になってしまってる。デビューするときにはペンネームを使うことを勧められたんだけど、姉さんは自分の名前が大好きでそれを変える気にはなれなかったそうだ。

ストーカー、とまではいかないけれど、一人暮らしに少し不安を覚えることがあるってことらしい。

「警察とかそういうのは？」

母さんが言うと慌てたように手を振った。

「違うの違うの。実際に被害に遭ったとかじゃなくて、なんとなーくちょっとだけ不安だから、ボディガード代わりに朗人がいたらなぁって思ったのよ」

「あれだ」

父さんが少し口をへの字にしながら言った。

「いい人は、いないのか」

いい人って相当古い言い方だけど、カレシはいないのかってことだろう。

「残念ながらまだ影も形も」

てへっ、って感じで姉さんが笑って、「卒業まで三年あるでしょ？」って続けた。その間だけでもって。

「そのうちにねぇ、私もそれこそ結婚するかもしれないし」

まぁねぇ、って母さんが頷いた。

「朗人も通学には楽よね」

「そりゃまぁ」

はるかに楽だ。

「ご飯とかはね、ほら私は一日中家にいるわけだから、ちゃんと朗人の分も作るし」

それなら朗人のお米代ぐらいは入れてあげるわよって母さんが言う。父さんがさして不都合はないよな、なんて僕に向かって訊く。

不都合は、まぁ、ない。

寝に帰ってくる場所が実家から姉のマンションに替わるだけなんだから。

でも。

何か、変だって思った。

弟のカンだろうか。

姉さんは、何か隠しているんじゃないか。

あるいは、嘘《うそ》をついている。

二

姉さんの借りているマンションは駅で言うと地下鉄の江戸川橋《えどがわばし》駅の近く。ゆっくり歩くと十分ぐらいだけど、走れば五分で何とかなるっていう、自宅の環境とそう変わらない場所。

引っ越しはもちろん手伝ったので何でここにしたのかって訊いたら、部屋を探す取っ掛かりになるものが、つまり住みたい憧れの場所とかそういうものが何にもなかったので、お世話になるデビュー作の出版社に近くてなるべく安いところを探したそうだ。

築年数は古いけど、部屋自体はリフォームされていてすごくきれいだった。いわゆる2LDKでセキュリティも一応しっかりしていて玄関はオートロックになってる。父さんや母さんも契約のときには一緒に見に行って、なかなか大したもんだって感心していたから、家賃と場所のわりにはかなりの掘り出し物だったらしい。

僕の生まれて初めての引っ越しは父さんに車を出してもらって、それに積めるだけの荷物を積んでそれで済んでしまった。

持っていくものは春夏ものの服とパソコンと学校で使うものと好きな本やらゲームやらで、それだけ。冬服とか何か足りないものがあったら、後で自分で電車に乗って往復して運べばいいだけなんだから楽なもんだった。

部屋にクローゼットが造り付けであって、シングルベッドと布団と机は姉さんが「引っ越し祝いだよ！」と自分のお金でＩＫＥＡで買ってくれて運び込んであった。本棚とか収納ケースとかそういうものは住んでから自分で買い揃えていけばいい。

入ったのは二回目の、そしてこれから少なくとも三年間は住むマンションの部屋は、何だか姉さんらしくなかった。

らしくないっていうのは、雰囲気が。でもそう思ってから、そういえば姉さんが好むインテリアの雰囲気なんか今まで知らなかったよな、って思い直した。

これが、姉さんが好む雰囲気なのか、と。

玄関の壁には妙に極彩色だけど楽しい雰囲気のアフリカっぽい絵が飾ってあった。カーテンは焦げ茶色だった。リビングの壁は全部本棚になっていて、本とＤＶＤがずらりと並んでいてそこはなんか作家だなぁと思ってしまった。僕が入る部屋を本とか資料のスペースにしていたんだけど、こうやって全部リビングに持ってきた、と言っていた。問題ないでしょ？　と言うので頷いた。僕も観《み》たかった映画のＤＶＤもたくさんあったからこれは嬉《うれ》しい。テレビもけっこう大画面だったし。

すごくきれいに片づいているのは、きっと僕の引っ越しの前に掃除したのに違いない。だって、実家の姉さんの部屋はいつもぐだぐだになっていたから。

引っ越しを手伝ってくれた父さんと母さんと四人でその日は少し早めの夕食を食べて、気をつけて帰ってね、って両親の車を見送って、さて、と二人でマンションの部屋に戻った。

さすがになんだかよそよそしいな、落ち着かないな、でもまぁすぐに慣れるだろうって思ってリビングのソファに座った。

「ソファだけはいいものにしたんだよ」

姉さんが言った。そうだと思う。こういう家具のことなんか何にも知らない僕でも、この革張りのソファはゼッタイ高いものだよな、って思ったから。

「最近は何を飲むんだ弟よ」

「何って？」

「やれやれ疲れた、って一息つくときに飲むものだよ」

「まぁ、コーヒーかな」

飲めるようになったんだ？ って少し笑った。そうだね、一緒にいた頃にはまだ飲めませんでしたね。

「最近、好きになったんだよ」

「そう。では淹《い》れてあげよう」

「おそれいります」

コーヒーメーカーをセットしてる。立ち上がってカウンターキッチンになってる台所に行ってみた。

「なに」

「どこに何があるのかさ」

「あぁ」

そうだね、って姉さんが頷く。冷蔵庫、炊飯器、鍋やフライパンの棚、調味料の棚、いろんなものが入っている棚、コップや皿、パスタやそうめんが入っている棚。

四年も一人暮らしをしたらこんなにたくさんの台所用品が揃うものなのかって感心していた。

でも。

「まぁしばらくの間は自炊の心配はしないでいいよ。私がほぼやってあげるから」

「うん」

「晩ご飯を食べる食べないはちゃんと連絡ちょうだいね。あと、バイトのスケジュールなんかも」

「了解」

ちょっと首を傾《かし》げてみた。

「なに？」

「料理が得意になった？」

姉さんが微笑《ほほえ》みながら言う。

「なによ、私の腕を疑ってるの？」

「そういうわけじゃないけど、一人暮らしのわりには食器の数がやたらあるからさ。お客さんとか多いのかなって思って」

あら、って笑った。

「鋭いね」

「誰でも気づくだろ」

コーヒーメーカーがポコポコと音を立て出した。お客さんなんかほとんど来ないいんだけどね、って背中を向けてマグカップを用意しながら言った。

「可愛い食器とか見つけたら、ついつい買ってしまうのよ。それが女の子ってもんよ」

「なるほど」

まだ女の子、と言うのかその年で。

「それにさ」

マグカップにコーヒーを注ぐ。コーヒーを飲めるようになって思った。本当にコーヒーの香りっていい。

「あんまり外食しないからね、毎日の食事の食器をいろいろ替えると気分が変わっていいんだよ」

そういうものなのか。まぁ納得はできる。

「はい、どうぞ」

マグカップを受け取る。姉さんも自分のカップを持って、こっちに向けた。

「乾杯。これからよろしくね」

オッケー、って言ってマグカップを軽くぶつけて、台所で立ったままコーヒーを一口飲んだ。

ちょっと濃いかな。でも人の好みに文句はつけまい。

これからコーヒーは自分で淹れよう。

*

小説家という人種が毎日どんなふうに一日を過ごしているかは、あたりまえだろうけど人それぞれ。僕は大学に行ってるから昼間の姉さんがどうしているのかは知らないけれど、一緒に暮らして二週間経《た》って、あれこれと訊いてわかった姉さんの一日はこうだ。

朝は大体九時ぐらいに起きる。

僕と一緒のときもあれば僕の方が早いこともあるので、朝ご飯はそれぞれ適当に食べることにした。もちろん、食材は姉さんが買っておいてくれるしサラダとかは前の晩に作っておいてくれて、そして僕だって目玉焼きぐらいは自分で作れる。

起きて朝ご飯を食べたらまずストレッチをする。身体《からだ》を動かして血液を全身に回さないとその日一日をぼーっとして過ごしてしまうそうだ。それから、コーヒーをたっぷり三杯分ぐらい淹れて、書かなきゃならない原稿があればおもむろにパソコンに向かう。上手く書き出せることもあれば、書き出せないこともある。書き出せればそのままお昼まで集中できるんだそうだ。

できなかったら、しばらくパソコンと向かい合ったまま悶々《もんもん》とする。僕らもよく小説家にイメージする「書けない！」という状態だそうだ。そうなったらこれはダメだとあきらめて、読みかけの本を読んだりＤＶＤを観たりもする。

お昼ご飯は午後一時と決めているそうだ。これも、きちんと毎日同じ時間にしないと身体がダメになるのがわかったからだそうだ。もちろん、自炊。外に食べに行くためにはお化粧をしたり髪を整えたり着替えたりしなきゃならないのが、姉さんにとってはとてつもなくエネルギーを使うことなのでできるだけしない。

お昼ご飯を食べると当然眠くなる。でも、そこで寝てしまうとその後数時間またダメダメな人間になってしまうので、家事をする。掃除したり洗濯したり、晩ご飯の買い物なんかも済ませてしまう。近所には商店街があって、そこへの買い物なら化粧も服装もあまり気を遣わないそうなので、楽なんだそうだ。

編集さんとの打ち合わせがあれば、それは大抵の場合午後だそうだ。少し遅めのお昼ご飯を一緒に食べるときもあれば、晩ご飯を食べながらってときもある。僕が引っ越してきてからはまだないけれど、そういうときは自分で適当にやってね、と言われている。

僕と一緒に晩ご飯を食べた後は、お風呂に入って後片づけをして観たいテレビ番組があれば観る。ＤＶＤを観る日もある。それから書かなきゃならない原稿があれば書く。日付が変わる頃には寝る。夜更かしはよっぽど締め切りがマズイとき以外はしない。睡眠時間は八時間は取る。

急がなければならない原稿がないときには、友達と映画やショッピングにも行くし、二、三日の国内旅行だってする。取材旅行っていうのもけっこう憧れているらしいんだけど、まだしたことはないらしい。

それが、小説家の姉さんの生活の基本的なサイクル。

「言っちゃいけないけれど」

学食のテーブルの向かいで清香が言った。

「なに？」

ちょっと困ったような顔をして笑う。それは清香の癖なんだ。癖っていうか、地顔か。垂れ目のせいなのか、表情をつけると常に困ったような顔になる。

「お姉さんの生活はすごく羨《うらや》ましい」

「だろうね」

僕もそう思う。弟としても一人の人間としても。まだ会社員のつらさや苦しさは経験していないけれど、時間と仕事に縛られるサラリーマンと比べると本当に優雅に思える。あくまでも表面上は。

「でも、それはもちろん創作をする苦しみを乗り越えての、代償としてのその暮らしだものね」

「そんな大げさなことは考えてないと思う」

「でもでも、やっぱり『書けない！』って悩んで苦しんで、その上であぁいう作品を書いているんでしょう？　それはスゴイと思う」

清香はかなりの読書家で、実は姉さんの小説のファンだ。今まで出した本は全部買ってくれている。僕と知り合う前からのファンで、付き合い出して初めて僕が〈作家・竹内《たけうち》美笑〉の弟だと知ったときには文字通り言葉を失っていた。本当に一分間ぐらい言葉が出なかった。それぐらい好きなんだそうだ。

弟としては嬉しくもあり、でも男としてはちょっとどこか複雑でもある。知らせる前にお互いに好きだと確認できて付き合い出して良かったと思ってる。

でも、いつでも紹介すると言ってるのに清香はまだ部屋に遊びに来ない。どう考えてもとても緊張してしまうし、簡単に会うのは何かもったいないからそのときが自然に来るまで待つそうだ。

「あ、千葉《ちば》くん」

「ん」

清香が僕の後ろに向かって軽く手を振る。僕は千葉が隣に座るまでただ待つ。こっちからは声は掛けない。そう決めてるわけじゃないんだけど、なんとなくだ。

「よ」

言いながら千葉が隣に座る。こいつの付けてるコロンがいつも気になるんだ。イヤな匂いじゃないけど、どうも気になる。

「うす」

千葉は、千葉大貴《だいき》はモテるくせにいつも一人で飯を食う。何でも食事を女とするのはどうも生理的に合わないとか言ってた。じゃあ結婚なんかできないじゃないかと思うんだけど。

今日はカツ丼か。

同じ高校だった。高校どころか幼稚園も小学校も中学校も一緒だ。そして今は同じ大学。つまり、人生で通った全ての学校が一緒になってしまった。

でも、別に親友ではない。仲良くもなかったし、悪くもなかった。

じゃあ、友達でもないただの同級生かというと、そうでもない。

同じ大学で同じ学部だったのは本当にただの偶然だった。どこの大学を受けるとかそんな話もしたことなかったんだ。入学式でばったり顔を合わせたときには、僕は本当に驚いた。千葉は大して驚いていなかったけれど。

「竹内さ」

カツ丼を一口食べて千葉が言う。

「佐々木《ささき》覚えてる？　三組にいた書道部の部長だった女」

「あぁ」

頷いた。覚えてる。千葉が僕を見て少し笑った。こいつ、本当に笑顔がいいんだよな。イケメンってわけじゃないんだけど、すごくいい笑顔をするんだ。誰でも気を許しちゃうような、柔らかくてあったかそうな、そして晴れやかな笑顔。

それは認める。

「二日前に神保町《じんぼうちょう》の古本屋でばったり会ったんだ。すげぇ偶然」

「へー、あいつ今何してんの」

「S大にいるって。それでさ、最近お姉さんの本を読み出してファンになったんだって。サインが欲しいんだけどって言ってた。お前に伝えてくれって」

それは、姉さんが作家になってからたまに言われたり頼まれたりすることだ。そして姉さんはもちろん、父さん母さんからも面倒くさがらずにきちんと応対するように厳命されている。

ファンを大事にしてこその作家活動。家族としてはきちんとバックアップしてあげなきゃならない。

「いいよ。携帯の番号とか、メアドとか訊いた？」

「聞いた。教えるか？」

「うん」

携帯を出して、アプリで貰う。千葉がまた笑った。

「お前、いまだに〈携帯〉って言うのな」

「だって携帯じゃん」

「まぁそうだな」

スマホ、って言い方が何かイヤなんだ。そう言ったら千葉も頷いた。

「俺もだ」

三人で適当に話をする。講義の話や、大学の近くのあの店のメシが美味《おい》しいとか、映画の話とかテレビの話とか。そういう話は普通にする。話が合わない奴ってたまにいるけど、千葉とはそんなことはない。むしろ合う方かもしれない。だから、傍目《はため》には僕と千葉は仲の良い友人に見えるはずだ。

「ごっそさん」

カツ丼を食べ終わった千葉が「じゃな」って軽く手を振ってお盆を持って、あの笑顔を僕と清香に見せて先に学食を出ていった。それを見送ってから、清香が僕を見た。何か言いたげな感じで。

「なに？」

「前から訊こうと思っていたんだけど」

何となく、想像はついた。

「訊いていい？」

「どうぞ」

「千葉くんのこと、嫌いなの？」

微妙な話になるので今まで言わなかった。でも、いつかは訊かれるかなって思っていたんだ。

「別に嫌いじゃないよ。普通に話してるだろ？」

「話してるけど、どっか、ヘンに思う。千葉くんは朗人のことが好きみたいなのに」

「好き？」

「いや、そんな意味じゃなくて、いつもすごく親しく話しかけてくるのに、なんか朗人は少し冷たい」

冷たくしてるつもりはまったくないんだけどね。

「ものすごく、言いづらい話になるんですけど」

「深刻な話？　イジメとか？」

また清香が困ったような顔になる。

「いや、全然深刻ではない。むしろ、他人からしたら、しなくてもいい笑い話」

「笑い話？」

「宴会でのネタというか、そんな話」

簡単な話なんだ。

「高校生のとき、とても好きになった女の子がいたんだ」

「うん」

軽く頷く。

「もちろん今は違うよ？」

「わかってる。今好きなのは私でしょ」

その通り。そういうことをさらっ、と言うよね君。

「で、彼女の名前は一応伏せますが、その子が好きだったのは千葉」

「あら」

「マンガなら定番の鉄板のネタなんだけど、本当にあったことなんだ。

「さらにその女の子は僕に相談してきたんだ。千葉にコクりたいんだけど一緒に来てくれないかって」

「なんで？」

何故かと言えば。

「そのとき、僕はクラス委員長で彼女は副委員長」

なるほどそういう設定か、と、清香は頷いた。

「さらに僕と千葉は家が二軒隣の本当にご近所。幼稚園も小学校も中学校もそして高校も一緒。約束しなくても登下校がほぼ一緒になって、出席番号も前後で何かとペアを組まされてさ。周りからは親友扱いされていたんだ」

うーん、と、唸《うな》りながら清香は頷いた。

「じゃあ、人の良い朗人はその彼女の告白に付き合ってあげて、眼の前で自分の好きな子と千葉くんが付き合い出すのを見てしまった」

「いや、残念」

「違うの？」

「彼女はフラれてしまった。その場で玉砕。しかも千葉が言ったセリフは『俺、女には興味ないから』」

「え⁉」

驚いた顔をするので右手をひらひらと動かした。

「念のために言うと、その後に千葉がカミングアウトして僕に告白してきたって展開じゃないからね。あいつはゲイじゃないよ」

「じゃあどうして女性に興味がないなんて」

「面倒くさがりやなんだよあいつは何でも」

本当に何でもそうだ。あいつは何かに熱中するってことがない。いつでもふわふわしてフラフラしてる。

「良いふうに言えば、飄々《ひょうひょう》としてる」

あぁ、って清香は笑って頷いた。

「そんな感じよね千葉くん。いつでも微笑んで人当たりはいいけれど、熱量を持たないっていうか」

そうなんだ。あいつはそんなふうな男なんだ。

「じゃあ、朗人はそれがトラウマで」

「大げさ」

「小さなトゲになって」

「その辺りかな」

文字通りの幼馴染《おさななじ》みなんだから、知らない仲じゃない。幼稚園や小学生の頃にはお互いの家でよく遊んだ。お泊まりしてお風呂に一緒に入ったりもした。中学になってクラスが分かれて部活も別になるとそんなこともなくなっていった。高校では、本当にただのご近所さんだ。昔から知ってるから一緒に登校して会話がなくても別に邪魔にならないし気も遣わない。もし何かのアンケートで〈いちばん長い時間一緒にいる友人は誰ですか?〉という項目があったのなら間違いなくそこには〈千葉大貴〉と書かなきゃならない。

でも、だ。

清香は、小さく頷いて、微笑んで僕を見た。

「確かにそれは、心に微《かす》かに残っちゃうね」

「男らしくないとは思うけどね」

でもまぁ、こうして大学まで一緒になってしまったんだ。やっぱり千葉とは縁があるんだと思う。その縁を壊そうとまでは思ってない。嫌いでもない。

ちょっとだけ、ほんのちょっとだけ、一ミリぐらい付き合いにくい友人ってだけだ。

＊

夕方四時ぐらいに姉さんからメールが来た。

〈今日はデート？　晩ご飯は家で食べる？〉

いつもそれぐらいの時間には晩ご飯を家で食べるかどうかをこっちからメールする約束になってる。姉さんの方から訊いてくるのは珍しいので、何を焦っているのか夜の予定でも入ったのかと思って、返信する。

〈家で食べる予定ですが？〉

こういうの、ＬＩＮＥでやれば楽なんだけどなって思うけど、姉さんは相変わらずそういうのはダメだ。自分の携帯でできるのはメールのみ。ツイッターもフェイスブックもその他もろもろのＳＮＳには一切手を出していない。

少し時間が空いて、またメールが届く。

〈編集さんと晩ご飯を食べるの。打ち合わせというか顔合わせなので一緒に食べない？　向こうも会ってみたいって。っていうか一緒に食べるぞ〉

命令かよ。

〈了解しました。どこへ行けばいいの〉

今度はすぐに返信が来た。

〈七時に神楽坂《かぐらざか》のお店に行くから、それに間に合うように家に帰ってきて〉

〈了解〉

出版社の編集者か。男性なのか女性なのか。そういえば担当編集さんは女性ばかりって言ってたっけ。

わりと社交性はある方だと思ってるから知らない人とご飯を食べるのは苦じゃないし、そういう業界に興味がないわけじゃない。姉さんの本を出しているのはほぼ有名な出版社ばかりで、そういうところで働いている人はどんな人なのか、そもそも編集者ってどんな人種なのか。

自分で言ってたけど、姉さんはあっという間に小説家になってしまって自分の将来をどうしようなんて考えたこともなかったそうだ。むしろ、小説家として暮らしている今の方が考えているそうだ。

将来どうしようって。

自分の才能みたいなところで仕事をしていると、同じ仕事をしている人と自分との差がわかってくる。だから余計に、このまま小説家としてやっていけるのかどうかと考えることも増えてくるそうだ。

僕はまだ何も考えていない。自分がどんな仕事をしたいのか、何に向いているのかさっぱりわからない。学部こそ〈情報学部〉っていう名前からは内容がよくわからない学部に入ったけど、本当によくわかっていない。

社会で働く人は、どんなふうに自分の職業を決めたのか。

神楽坂ってところは本当にたくさん食べるお店があって、しかもいろいろと入り組んでいるってのは知っていたけれど、姉さんについて歩いていかないと、いったいこの店はどこから入ってどこを曲がったのかってわからない横道にあった。和食のお店。しかもいきなり入口から仲居さんみたいな人が案内してくれて、どう考えても高そうなお店だ。

姉さんと顔を見合わせたら、余裕のある顔で〈心配するな弟よ。向こう持ちだ〉っていう顔をしていた。

「お待たせしましたー」

姉さんが軽く声を上げて、入っていく。中にいた人が立ち上がる。女性と、男性。女性は柔らかそうな生地のブラウスにスカートで、男性はジャケット姿。でも、かちっとしたものじゃない。ラフな感じだ。

男性が、にっこり笑った。

「お待ちしてました。弟さん、朗人くん?」

「あ、はい。朗人です。いつも姉がお世話になってます」

その人が、姉さんと親しげに笑みを交わした。

「いえいえこちらこそ、お姉さんにはいつもお世話になっております。木本《きもと》です」

木本さん。

この人が、姉さんの担当さん。そして、編集者という人種なのか。

三

「本当に背が高いんだね」

木本さんが少し笑いながら言って、そして女性の編集さんも大きく頷きながら僕を見て微笑んだ。皆、視線が上向きになる。

そうなんです。背が高いんです。

こういうときは訊かれる前に自分で答えるんだ。

「一八八センチあります」

「また伸びたの⁉」

隣で姉さんが少し驚いた。そしてこうやって並んで立つと姉さんの頭の天辺《てっぺん》のつむじが見える。

「ほんの少しだよ」

「話には聞いていたんだけど、本当にチッチとサリーみたいだね」

木本さんがそう言いながら名刺入れから、慣れた手つきで名刺を取り出した。チッチとサリーに関しては母さんから聞いて知ってる。もっともあれは恋人同士であって、僕らは姉弟だけど。

「改めて、木本といいます」

名刺を貰ってしまった。そして、女性の編集さんも。

「初めまして、橋本《はしもと》です」

まともに面と向かって名刺を貰ったのは何気に初めてだった。男性の方は木本達男《たつお》さん、女性の方は橋本みおさん。どっちにも第二編集部と書いてあって、木本さんの方には編集長っていう肩書きがあった。

そうか、編集長さんというのはこういう人なのか、と、素直に思った。

今まで漫画やドラマでしか見たことない職業の人。もちろん、だからって木本さんが俳優みたいにイケメンだったり苦み走った渋い中年だったりすることはまったくなくて、ごく普通の男の人だった。中年であることは間違いないけれど、本当に普通の男の人。失礼だけど、オーラも何もない。

「二年生だから、もう飲めるんだよね？」

「一応、大丈夫です」

「と言っても、ここにいるのは皆酒が弱いのであまり飲まないんだけど、朗人くんは？」

木本さんは親しげに話してくれる。たまにそういうのがイヤな感じの人がいるけど、木本さんはそうじゃなかった。なんか、いい感じに親しげだった。

「弱くはないと思います」

「この子はお父さんの血を受け継いだみたいね」

姉さんが言った。そう、姉さんはお酒が弱いそうだ。一緒に飲んだことなんかないからわからないけど、母さんも弱いって言ってた。

「まぁじゃあとりあえずは食べて、お酒はちょびちょびやりましょう」

料理は思いっきり和食。仲居さんが一品ずつ運んでくるスタイルで、これも初めてだった。

我が姉はありがたいことに弟に社会のいろんなことを教えてくれる。

「橋本さんがね、新しい担当編集さんなのよ」

「よろしくお願いします！」

みおさんというカワイイ名前の編集さんは、姉さんより二つ年上だそうだ。

ベリーショートが印象的な女性で、童顔だけどまるで女優さんみたいにきれいな女性だなと思ってしまった。こんな編集さんが担当だったら、若い、いや若くなくても男性作家はドキドキしてしまうんじゃないか、ドキドキだけならいいけどエロオヤジな作家はいろいろ妄想してしまうんじゃないかと変な心配をしてしまった。

本当は前の編集さんも来て引き継ぎと顔合わせという会だったのだけど、ちょっと急な仕事でバタバタしてしまって来られなくなって、代わりに編集長さんが来たそうだ。編集長の木本さんも、そもそもは姉さんの最初の担当だったそうだ。デビュー作、つまり受賞作を途中まで担当してくれて、その後はすぐ人事異動で編集長さんになったので代わったとか。

そうか、編集者にも人事異動はあるのか。会社というのはそういうものか。

「まぁ弟くんに隠してもしょうがないから言うけど、ちょっとトラブルでね」

「トラブル」

木本さんは苦笑いした。

「他に担当している作家さんの原稿のね。よくあったら困るけれど、たまにあるんだよ。あ、竹内さんはそういうのが全然ないから大丈夫。助かってるよ」

「ないの？」

姉さんを見たら、胸を張った。

「もちろん」

締め切りはちゃんと守ってるわよ、と、いばって言う。

「そんなのあたりまえじゃん」

締め切りっていうのは約束だ。約束はきちんと守る。人間としてあたりまえのことじゃん、って、冗談交じりで言ったら、木本さんが握手を求めてきた。

「その通りなんだ朗人くん。ぜひ将来は編集者になって作家さんにそう言ってくれ」

もちろん、それも冗談交じりで。全員で笑ったんだけど。

そういう話を、きのこの胡桃和《くるみあ》えとか菜の花サーモン巻きとか、先付けというんだそうだけど、一口で食べられる料理を食べながらしていた。

ぶっちゃけ、初めて食べる料理ばかりだから、美味しいのか美味しくないのかよくわからない。まぁマズくはないってことだけは確かだった。

「お姉さんの本は読んだことあるの？」

木本さんが丸くて少し可愛らしく感じる瞳で、僕の眼を覗き込みながら訊いてくる。この人、話すときには相手の眼をしっかりと見るのが癖みたいだ。

「あります。一応、全部読んでます」

姉の傑作を読んでないのか！　と怒られるので、とは言わなかった。一応そこは気を遣った。

「どんなふうに思った？　いや僕は身内に、姉とか兄とかに作家なんかいないので、単純にどう思うのかな、って素朴な質問なんだけど」

「そうですね」

確かに姉が小説家という人は少ないだろう。そもそも〈小説家〉という職業が特殊なんだから。

どんなふうに思うか、って訊いた木本さんの気持ちはわかる。姉さんの書く小説は地味だ。地味というのは、題材がほとんど日常だからだ。とんでもないサスペンスとかどろどろの恋愛とか一族のなんたらかんたらなんて、ない。もちろん宇宙人も戦争もない。

とにかく、日常だ。

だから、あ、これは父さんじゃないかとか、母さんじゃないかとか、僕じゃん、っていう感じの人が出てくることがある。もちろんモデルにしているつもりはないんだって姉さんは言ってたけど、でも、やっぱり家族だから、いちばん身近にいた人たちだから、ちょっとしたところで滲《にじ》み出てしまうところはある、とも言ってた。

つまり、若い男の子を描けば、そこに僕がいてしまうこともあるって。

「理想を見過ぎてるなって思いました」

木本さんも橋本さんも、姉さんも笑った。いやここはウケを狙ったんじゃなくて本当に素直な感想だったんだけど。

「やっぱりそうかー」

姉さんが首を少し傾げながら言う。

「普段は、そんな話しないんですか？　家で」

橋本さんが僕と姉さんの顔を順番に見ながら言った。

「しないの。恥ずかしいし。ねぇ？」

ねぇ、と、姉に完璧によそ行きの声で言われて、それで人前で頷くのもちょっと恥ずかしい。

「まぁ、そうですね」

真面目な話なんか、姉弟の間でするのはどうかと思う。そもそも僕と姉さんは一緒に暮らしている間に、真剣に何かを話し合ったことなんか一度もない。ないと思う。せいぜいドラクエVのビアンカとフローラどちらを選ぶかで男の度量が知れるなんていうのを話し合ったぐらいだと思う。

もちろん家庭環境にもよるだろうけど、姉弟なんて大抵はそんなもんだと思う。

「でも」

橋本さんが、日本酒をちょっと飲んだ後に僕を見て言った。頬が赤くなっているから、本当にお酒が弱いんだと思う。

「朗人くん、やっぱり雰囲気あります。竹内さんの描く青年の」

「そうですか?」

「なんか、凛《りん》とした雰囲気が」

凛とした。

およそ自分にはあてはまらない表現が出てきてびっくりした。いくら担当作家の弟に気を遣ったとしてもそれは言い過ぎだと思ったけど。

「じゃあ、あれかい? 朗人くんはお姉さんの本を読んでいて、お姉さんを感じることがある?」

突っ込んでくる。単なる話の種かとも思ったけど、あるいは編集者さんは、自分が手掛けた作品が読者にどう感じられるかをやっぱり気にするんだろうかと考えた。

「あまり、ないですね」

僕はそんなに読書家じゃない。気になった本があれば読むけど、せいぜい一ヶ月に一冊とか二冊だ。でも、小説を読んでいる間はその世界にどっぷり没頭するタイプだと思う。だから、父さんだとか母さんだとか僕じゃん、って思うのは読んだ後だ。姉さんを行間に感じることなんかも、皆無。

「でも、やっぱり全部の本に、姉さんの空気は感じますね。読んだ後、改めて眺めると」

「眺める？」

木本さんに訊かれて、うん、と答えた。

「読み終わって、こういう物語だったのかって遠くから見るようにして考えたときに、姉さんがそこにいたんだなって思いますね。それはもちろん、姉が書いているって知っていて、その姉というのと、十何年間一緒に過ごした日々の積み重ねが僕の中にあるからでしょうけど」

ふむ、って感じで木本さんは頷いた。橋本さんも、姉さんも少し眼を大きくさせて僕を見ていた。

「その遠くから眺めるっていうのは、どんな小説を読んだときにも行うの？」

改めて訊かれると困るけど。

「たぶん、してると思います。何ていうか、ＤＶＤをチャプターでまた観ていくみたいな感じで、読み返すんじゃなくて頭の中で」

へぇ、と、姉さんが小さく頷いて僕を見る。何が、へぇ、なのか。

「朗人くんは、本読みのセンスがあるのかもしれないね」

木本さんが言う。

「そうですか?」

そもそも本読みのセンス、というのがどういうものなのかはまったくわからないけど。

実は、ある任務を帯びている。

引っ越すときに、父さん母さんに言われたんだ。〈恋人とか、その辺はどうなのか、わかったらこっそり教えろ〉と。

僕も、うむ、と頷いておいた。親としては確かに心配というか、気になる部分だろうと思う。二十五にもなった娘が今の今まで彼氏の一人も紹介してこないというのは、どうなのだ、と。

姉さんと母さんは普通に仲が良い。だから、そういう話も普通にしているのだけど「まったく、まったく、ないのよ」と、母さんは力を込めていた。小学校も中学校も高校も大学も、とにかく彼氏ができたという話がまったく出なかった。だからひょっとしたらそっちなのかとも疑っていると。したがって母さんからはまた別のミッションを僕は与えられている。もし姉さんがレズビアンだとしたら父さんには言わずにまず母さんに教えろ、と。

姉と一緒に暮らす弟もなかなか大変なんだ。

「木本さんって」

食事が終わってそのまま帰ってきたんだ。飲みにでも行くのかと思ったけど、本当にこの三人はお酒が弱いので今まで飲みに行ったことなんかないって言っていた。

なので、帰ってきて、そのまま着替えて僕が先にお風呂に入って、姉さんが入って、上がってきてあぁやれやれってソファに座ったところで、テレビをなんとなく眺めながら訊いた。

「うん？」

「優しそうな人だったね」

そうだね、って姉さんは頷いた。テーブルの上に置いたお化粧ボックスを開いて、ボックスの蓋《ふた》の裏の鏡を見てぺたぺたと顔をはたきながら頷いた。

「いつもあんな感じ。優しいよ。前は打ち合わせのときなんかも、いつも褒めてくれたし。あ、今もかも」

「褒めるんだ」

うん、って姉さんは頷いた。

「褒めて伸ばすタイプの編集者なんじゃないかな。それか、私がそうなのかも」

少し苦笑いする。そうだね、決して叩《たた》かれて伸びるタイプじゃないよね姉さんは。

「いくつぐらいなの？　なんか年齢不詳だったけど」

「あーと、ね。確か今年四十歳になるはず」

そう言って笑った。

「年齢不詳だよね本当に。最初に会ったときには同じ年ぐらいかなって思っちゃったもん」

うん、と、そんなに興味はないふうにしながら、さらにどうでもいい感じで訊いてみた。

「結婚してるの？　指輪はしてなかったけど」

「バツイチ。子供なし」

「あ、そう」

「なんで？」

また笑った。

「いや、訊いてみただけ」

スパイは大変だ。でも、そういうごくプライベートなことも知ってるんだな。それが女性の作家と男性の編集者の間では普通のことなのかどうかは、まだわからない。

姉さんがくすっと笑った。

「みおちゃん、可愛かったでしょー」

「うん、可愛かった」

それはもう素直に一も二もなく認める。もっと若かったらきっとなんとか48でセンターも取れる。

「私も会ったのは二回目で、前に会ったときはロングだったから今回びっくりした。ばっさり切っちゃって」

「あんなに美人だと編集さんとしてはまずいんじゃないの」

「何が」

「いや、ほらいろいろと。作家と編集者っていろいろあるっていうし」

姉さんが笑う。

「あのね」

「うん」

ちょっとだけ真面目な顔になった。

「編集者にとって、大切なのはその作家の原稿だけなの。作品だけがすべてなの。それ以外にはまったく興味ないものなんだよ」

そうなのか。

「でも、作家にとっては違うって場合も」

「そりゃあそうだけど、そんなのはどんな職業でもそうでしょう。ましてや編集者なんて、作家と一対一になるのが多い商売だから、いろいろ手練手管は先輩たちから受け継がれていくのよ」

「手練手管」

さすが作家は古い言葉を。

「スケベオヤジの下心丸見えの誘いなんか、彼女たちはさらっと春のそよ風のように受け流すことができるのよ。その上で、それを忘れて作品だけに集中できるの」

それができなきゃ、編集なんてやっていけないらしい。まぁそれはそうだね。

＊

「恋人、いないんだ」

清香がちょっと意外そうな顔をして言った。

「いないみたいだね。まったく」

一緒に暮らし始めて一ヶ月以上が過ぎても、姉さんがデートしてる気配をまったく感じない。もちろん紹介されたこともない。

「出かけたのは、担当編集さんとご飯を食べに行ったのが二回だけ。あとは映画を観に行ったかな」

「その映画は恋人と観に行ったとか」

「普通そういうときには、こうやって晩ご飯とかも食べるんじゃないですか？　デートで映画観たのにすぐに帰ってきて弟のために晩ご飯を作って待ってないでしょ」

それはそうね、って清香も頷く。

そう、僕たちは日曜日に有楽町《ゆうらくちょう》で映画を観て、その後に近くのガード下の中華屋さんで晩ご飯を食べている。たぶん、この後は清香の部屋へ行く。月曜日は朝から講義があるので、終電では帰るつもりでいるけど。

「まぁ仮に相手がいたとして、向こうが忙しいから映画だけってのは確かにあるかもしれないけれど」

「でも、それは平日だったんでしょ？」

そう、平日だったけど。

「平日の昼間でも映画を一緒に観に行ける職種はいくらでもあるよね」

「きっとあるね」

清香も頷く。

「編集さんとかね」

そう言ったら、清香は、うーん、と、首を捻った。

「なんで、うーん、なの」

「えー、これはもう想像でしかないのだけど」

困ったような顔になって少し笑った。

「お姉さんの小説が大好きなファンとしては」

「うん」

「恋愛観が少し違うかなって」

「恋愛観？」

たぶん男は一生かかっても理解できない単語のひとつではないかと、僕は思ってしまったんだけどどうだろう。

「もちろん、小説の中の恋愛観がそのまま著者のものだなんて思ってないけどね」

「うん」

「お姉さんはきっと、ものすごく堅実な愛を育む人のような気がするんだ」

堅実な愛。ますますわからないけど、そう言うとたぶん怒られるから頷くだけにする。

「それは、どういうふうに？」

「編集さんとの愛って、きっと朗人はこの間会ったっていう中年のバツイチの編集長さんを想定していると思うけど」

「まさにそうです」

根拠もなくそう思っているわけじゃないんだ。姉さんは、僕と一緒に暮らすことを木本さんに相談したらしい。らしい、っていうのはこの間の食事会のときの言葉の端々にそれが滲んでいたのでそう推測したんだけど。

頼れる年上の人。姉さんもそう思っていると思う。

「それが恋愛感情に発展することはあるよね？」

「それは、男の幻想よ」

「幻想？」

「頼れる男がそのまま愛する対象になるなんて、男のスケベ心でしかないと私は思うの」

清香はかなり手厳しい。

「お姉さんはすごく強い人だと思う。自分の人生を一歩一歩、確実に地を固めながら歩いていくような女性」

「そうかなぁ」

「小説を読んだ他人の眼にはそう見えるの。ついでに、その人の弟をよく知ってる人間としては」

なるほど。確かに清香はただの読者じゃなかった。

「そして、お姉さんの中の堅実な愛っていうのは、じっくりと育む愛だと思うんだ。長い長い時間をかけて」

「それは別に編集長さんともできるでしょ」

「いろんな意味で、離婚という選択肢を選ぶような男性とは堅実な愛なんか育てられない、って、私はお姉さんの作品から読み取ったな」

むーん、と、唸って腕を組んでしまった。そんなところまで、じゃない、そんなところを読み取るのか。

「でもそれは、あくまでも小説から清香が感じたってだけで」

そうなんだけどね、って清香はぺろっと舌を出した。

「でも、なんとなくそんな気がする」

参考にします。

「それが、繋《つな》がっていくの？」

清香が訊いた。

「何に？」

「ほら、前に言ってたじゃない。なんかお姉さんが隠しているような気がするって」

「あぁ」

そうなんだ。

一緒に住んでほしいって頼まれたときに感じたこと。

それは本当に弟としてのカン。

「男かなって思ったけど、でもそれと僕が一緒に暮らすことが全然繋がらないんだよね」

「そうだね」

そこんところは全然まだわからないんだ。

たまに、姉さんと一緒に近くの地蔵通《じぞうどお》りっていう商店街に買い物に出ることがある。

僕の講義が早く終わる木曜日とかがそう。バイトもないので、重たいものを買いたいから一緒に来てって頼まれるんだ。

それも実は僕と一緒に住むメリットなんだと姉さんは言った。確かに二キロもあるお米を自分では運びたくないよね。でも、僕もそんなのは運びたくないんですけど。

商店街はいろんなお店があって、歩くだけでもけっこう楽しい。二人でのんびり歩いていると、姉さんが魚屋さんに「奥さん！」なんて呼ばれることもある。「姉弟です」って言うと、どうりで旦那《だんな》さん若いと思った！と笑われる。

そういうのって、意外と嫌いじゃない。僕はもしも結婚したら町内会とかに積極的に協力する旦那になるんじゃないかって思ったりもした。

「えー、連れておいでよ、清香ちゃん。会いたい」

「清香が来たいって言ったらね」

話はしてるんだ。清香の名前もどんな女の子かってことも。それは姉として弟の彼女への興味はもちろん、小説家として、若い女の子の人物像をいろいろ知りたいっていうのもあるそうだ。

小説家になって、自分でいちばん驚いたことのひとつは、今までの人生で常に人間観察をしていたんだなってことだそうだ。この間、そんな話をした。

自分としてはごくあたりまえのことで、空気を吸うようなものだったんだけど、小説家になったら自分のその癖のようなものは、ものすごく作品を書く上では重要な資質だったんだなって思ったそうだ。

まぁだから小説家になったのかもしれないなって思ったけどね。少なくとも僕にはない資質だと思う。

ブラウスと僕のシャツをクリーニング店に出して、その後で肉屋さんに行って鶏肉を買う。八百屋さんに行って野菜を買って、最後に米屋さんに寄ってお米を買っていく。お茶屋さんもあるのでそこを覗いて日本茶も少しいいものを買うかもしれない。

そんなふうに回っていたら、僕の携帯が鳴った。

誰かと思ったら、千葉だった。珍しい。

「よう」

(よう)

「どうした?」

(やっぱり竹内だったか。後ろ見ろよ)

「後ろ?」

振り返ったら、十メートルぐらい先で携帯を耳に当てた千葉が笑っていた。隣で姉さんが「あら」って小さく言った。

千葉が笑いながら、携帯を切って、こっちに歩いてくる。

「お久しぶりです」

千葉が、少し腰を屈《かが》めながら姉さんに言った。もちろん、姉さんも千葉のことはよく知ってるから、笑って頷いている。

「後ろ姿でそうじゃないかって思ったんだけどさ」

「なんでここに？」

千葉が、小さく頷いた。

「三日前かな。すぐそこのマンションに引っ越してきたんだ」

四

千葉は、大学入学と同時に家を出たんだ。

ご近所さんなんだから、僕と同じで実家から通おうと思えば普通に通える環境だったんだけど、あえて出た。

前に聞いたときには、両親の方針もあったそうだ。年齢的には大人となる大学生になるんだから、いつまでも実家に住んでいないで一人暮らしをした方がいい、と。そして、千葉本人も一人暮らしをしてみたかったので、そうしたらしい。

千葉のお父さんは、確か市役所の職員。何をしているのかは知らないけど公務員だ。安定した収入があって、千葉は一人っ子だったので、都内での家賃を出すぐらいの余裕はあるらしい。ただしそんなに裕福というわけでもないので、生活費はできるだけ自分でアルバイトで稼ぐ。

千葉はそうやって大学近くの安いアパートに暮らしていたはず。

それが、つい先日猫を飼い始めたそうだ。

正確に言うと、拾ってしまった。

前に住んでいたアパートの近くにあった空き家の前で段ボール箱に入れられていたらしい。

「ひどい」

姉さんが本気で怒ってそう言って、でも顔は全然怒っていない。猫と一生懸命遊んでいるからだ。もう楽しくて嬉しくてしょうがないって感じで、そして猫は姉さんが揺らす猫じゃらしともものすごい真剣に遊んでいる。

買い物の途中でばったり会って、近くに越してきたって言われて、ええっ？ってなって、せっかくだから部屋にお茶でも飲みに来いよ猫がいるぞ、って言われて、猫好きの姉さんが眼をキラキラさせて、こうなった。

猫の名前は、ケンタ。捨て猫だから雑種だとは思うけれど、茶トラだったっけ。そういう模様の猫。ケンタという名前の由来は、ケンタッキーを急に食べたくなって外に出たときに見つけたからだとか。

「お前ってそういう奴だよね」

「何がだ。良い名前だろ」

千葉が笑った。

動物は何でも好きだけど、とりあえずアパートは動物を飼うのは禁止だし、学生の間は飼う気なんかなかった。でも、捨てられているのを放っておけずに拾ってしまった。あちこちに声を掛けたけど里親は見つからないし、前のアパートの大家は大の猫嫌いだったらしくて、たとえ一晩でも猫など部屋に入れてはいけない、って感じだったらしい。

「なんかもう、急激にムカついてさ。ソッコーで退去して、ここを決めたんだ。もちろん理由は猫が飼えるんで」

そうらしい。なんでこんな時期にいきなり引っ越したのかと思ったら、そういう理由だったんだ。

そして、ここがそのマンション。実際住んでいる人は全員猫を飼っていて、千葉が引っ越してきたときにたまたま部屋にいた人たちはわらわらと寄ってきて、ケンタを可愛がったらしい。

「そういうコミュニティっておもしろいよな。これはいい研究材料になるなーって思ったよ」

「あぁ、そうか」

そういや千葉はそんな勉強をする学部にいたはずだった。

部屋は1DKと狭いんだけど、少し広めのロフトがあってそこに布団を敷ける。そしてこの部屋にはおもしろい仕掛けというか、キャットウォークみたいな、猫だけが歩ける通路みたいな棚みたいなものが壁にあるんだ。それがロフトまで続いている。本当に猫を飼うことに適した部屋。

「いいわねー。猫を飼うなら、こういう猫専用の部屋にしたい」

姉さんがケンタを抱っこしながら立ち上がって、壁のキャットウォークを見ながら言った。ケンタは遊び足りないらしくて、離せ！　とばかりに姉さんの腕の中から飛び出して、その壁のキャットウォークを見事に跳ぶように歩いて、天井付近まで行ってしまった。

「なるほど、これは運動になるよね」

「だろ？　俺は実家にいたヨネを思い出したよ」

「あぁ、いたね。ヨネ」

それは千葉の家にいた猫の名前だ。気がついたときにはもうけっこうな年寄りの猫で、僕と千葉が小学生の頃に死んでしまったんだ。でも、そのヨネがすごく高いところが好きな猫で、千葉の家に遊びに行くと、いつも和室の欄間のところに乗っかっていたっけ。

ケンタがあちこちうろうろし始めたので、三人で部屋の真ん中に置いてある変な形のローテーブルについて、お茶を飲んだ。僕の中では「お茶でも飲むか」というのはコーヒーか紅茶なんだけど、千葉が淹れたのは本当にお茶だった。日本茶。煎茶《せんちゃ》。しかもなんだかけっこう高いお茶らしくて、びっくりするぐらい美味しかった。

千葉は、そういう奴なんだ。いつも相手の意表を突く。本人は意表を突くつもりはまったくないんだろうけど、結果的にそうなってしまう。

今回のこの引っ越しだってそうだ。僕が姉さんのマンションで一緒に暮らし始めたのも住所も知ってるはずなのに、何にも言ってこないでいきなりだ。

「言ってくれれば引っ越しの手伝いぐらいしたのに」

言うと、いやいや、と手を振った。

「お前だって知ってるだろ。俺には荷物というものがほとんどないのを」

「まぁそうだけどね」

確かにないんだ。僕もない方だけどそれに輪をかけてない。買った本も読んだらすぐに売ってしまうタイプの男。とにかく身軽でいることが最高と考えている。

「でもここ家賃、前のアパートより高いんじゃないのか」

部屋自体は狭いけれど、かなり新しいマンションだ。前のアパートは行ったことないけどボロボロだって言ってた。

「そうなんだ。前より二万円も高い」

「二万は痛いなー」

「だからバイトも増やすかもっと時給高いところを探すか考えてる」

「敷金礼金は親に出してもらったのか」

「いや、内緒」

内緒。

「ここ、賃貸の保証人いらないのか?」

普通、僕たち学生が部屋を借りるのには保証人が必要になる。当然のようにそれは親だ。

「それがな」

千葉が笑った。

「ここの一階に大家さんも住んでいるんだけど、直接会って事情を話したらもうそんなものいらないからすぐに引っ越してこいって」

屈託のない笑顔。そうなんだ、そういう奴なんだこいつは。その笑顔でするっと人の懐に入り込んでいってしまうんだ。大家さんもそうだったんだろうな。

「じゃあ、大貴くん。引っ越し祝いに今夜は奢《おご》ってあげる。どこかで晩ご飯食べようか」

姉さんが言った。当然だけど、まだ一歳にもならない頃から姉さんは千葉を知っていて、〈大貴くん〉と呼んでいた。

そういえば、小学生の頃の夏休み、千葉と一緒に姉さんに海へ連れて行ってもらったこともある。保護者代わりだ。今、突然思い出した。

弟の同級生というのは、姉はどういうふうに思うものなのか。まぁ千葉は基本的に人当たりはいいし、その頃も姉さんは、ちゃんと言うことを聞く千葉のことは可愛がっていたはずだ。

「や、ありがたいですけど」

千葉は笑顔を見せながら言って、ちょろちょろしているケンタを指差した。

「まだこいつをなるべく一人にさせたくないんで」

「あぁ」

そうか、って姉さんも笑みを見せながら頷いた。

「じゃあ、ここで何か作ってあげる。ちょうど買い物をしてきたことだし。お米ぐらいはあるでしょ？」

「ありますけど、いいんですか?」

「いいわよ。朗人もいいよね?」

「仰せのままに」

姉さんはよし、と、頷き台所を見て回って「何にもないわー」と軽く叫んで、メモを取り出した。あれこれ書いたものを僕に手渡し、至急自宅から持ってくるようにと。肉やら調味料やら何やら。

僕は、はいはい、と頷いて、千葉の部屋を出る。悪いから付き合うと言う千葉も靴を履いて、二人で部屋を出た。

「いってらっしゃーい」と言う姉さんの声を背中にして。

「スマンな、なんか」

「別にいいよ」

二人でぶらぶらと歩く。ここからマンションまではこんなふうにのんびり歩いたら十分ぐらいだろうか。本当にすぐ近くだ。

「お姉さんはいつも元気だよな」

千葉が言う。

「元気か?」

「元気だろ。明るいというか」

あぁ、と頷く。明るいのを元気と言い換えるのなら確かに元気だ。

「でも、弟の友達の前で暗くふるまう姉はあまりいないだろ」

「確かにそうだ」

二人で笑った。

「こう言ったら怒るかもしれないけどな」

ぶらぶらと歩きながら千葉が言う。

「何だよ」

「松下さん」

清香？

「お姉さんに似てるよ」

「えー」

それはどうなんだ。

「いや、顔が似てるってわけじゃなく、醸し出す雰囲気だな。それは別にお前がシスコンとかってわけじゃなくてさ」

「うん」

「あたりまえのことだと思うぜ。なんたって十何年一緒に暮らしてずっと傍《そば》で育ってきた姉なんだから、その人に似た雰囲気を持つ人に好意を持つってのは当然だ」

同じようにマザコンもそうだって千葉が言う。

「母親と似た雰囲気を持つ女性を彼女にしてしまうってのも、当然の流れだと俺は思うぞ」

「まぁ」

間違ったことは言ってないと思う。母親や姉にとんでもない嫌悪感やトラウマがあるならいざ知らず、僕は母さんとも姉さんとも関係は良好だ。その人たちと同じ雰囲気を持つ女性を好きになっても不思議じゃないけど。

「清香が姉さんに似てるなんて、感じたことはないなぁ」

「それは、お前にとってお姉さんは〈姉〉で、松下さんは〈女性〉と見ているからだ。俺は、お姉さんも松下さんも同じレベルの〈女性〉として見られるから、そう感じるんだな」

「なるほど」

千葉は、分析好きだ。お喋《しゃべ》りじゃないけれど、親しい男同士だと、こうやって何かとうんちくを垂れることが多い。それは小学校のときからそうで一時期は〈ハカセ〉

というベタなあだ名も貰っていた。

「松下さんは、お姉さんに会ったのか？」

「いや、まだ」

実は清香が姉さんの小説の大ファンで、どんな顔をして会えばいいかまだわからないから会えないって言ってると教えると、千葉が頷きながら笑った。

「その気持ちはわかるな」

「わかるのか」

「だって、俺もお姉さんの小説のファンだからな」

「そうなのか？」

ちょっと、いや、かなり驚いた。ファンだと言った千葉の顔は、本気だったからだ。社交辞令とか冗談じゃなくて、本心。

それぐらいは、長い付き合いだからわかる。

「小説なんか読むとは知らなかった」

「けっこう読書家なんだぜ俺」

まったく知らない。そうだったのか。

「だから、あれだよ。まぁそのせいばかりじゃないけど、お前に連絡取ったりしなかったろ？　会って、お姉さん元気かとか」

それは確かにそうだ。幼馴染みなのに、同じ大学に入ったというのに僕たちは積極的に会うことはなかった。僕の方から連絡しなかったのは、まぁあの心に刺さった小さなトゲのせいもあったんだけど。

「お前とつるんでいたらお姉さんにも自然に会っちゃうだろうな、って思ったからさ。そういうのは、何か嫌で、こう、理由もなしにばったり会えた方がいいなって思っていたからさ」

「じゃあ、今日は理想的だったじゃん。会い方としては」

「まさしく」

千葉が指をピストルの形にしてまた笑った。

「嫌じゃなかったら、またしてもご近所付き合い頼むぜ」

もちろん、嫌ではないさ。

＊

千葉とばったり会ってまたしてもご近所付き合いをするようになってから、二週間ぐらい経っていた。

その間に、姉さんは三度千葉の部屋に行った。

もちろん僕も一緒だ。いくら弟の同級生で、年下とはいえ自分にとっても幼馴染みのような男性とは言っても、ほいほい一人でお邪魔するわけにはいかないと駆り出されている。そしてお邪魔する理由はもちろんケンタと遊ぶためだ。

実は姉さんは猫好きだった。

でも、実家では猫を飼ったことがなかった。何故かと言えば、猫好きなのに猫アレルギーだからだ。そんなにひどいものじゃないんだけど、猫の住む家にお邪魔すると鼻水や涙が出てくる。悲惨なものではなくて、我慢すれば何とかなる程度のものなんだけど、それでもやっぱり飼うわけにはいかなかった。

姉さんのマンションはもちろん猫を飼ってもいいんだけど、そういう理由で飼っていなかった。執筆に影響するのは眼に見えて明らかだからだ。

「これを機会に、無理やりにでもアレルギーを克服したい」

姉さんは張り切っていた。

そんな簡単に克服できるものではないとは思うけど、ケンタと触れ合うことで少しずつでも耐性がついていけばそのうち治るに違いない！　と、言っていた。まぁ病は気からとも言うし、実際にそういうふうにしていつの間にか治ったという友達もいた。

千葉の部屋に行くのは、大したことじゃない。家賃が上がって貧乏だ、と、嘆く千葉のために一緒に晩ご飯を食べるのはやぶさかではないし、三人で話せば小さい頃の懐かしい話なんかもできる。夏祭りで迷子になった話や、千葉が家にお泊まりに来た夜に泣いた話や、僕らがすっかり忘れていたことも姉さんは覚えていた。

そういう話を楽しめるようになったのはいつからかな、と思った。少なくとも中学生や高校生の頃、親戚のおばさんやおじさんたちに「君の小さい頃はねぇ」なんて話を聞かされるのは面倒くさかった覚えがある。はいはい、って適当に相づちを打つのも嫌だったし、打ってる自分にもなんだか嫌気が差した覚えがある。

でも、姉さんと千葉と三人でそういう話をするのは、楽しかった。

実家を離れたからかな、とも思った。

三人とも電車で一時間も掛からないところに実家があるとは言っても、そこから離れて暮らしているから、そういう話を楽しめるのかなって。

だとしたら、家族って実はバラバラになってから初めて家族というものを楽しめるんじゃないか、なんてことも考えた。これはまた〈いいことを言う〉ときに使えるなって思って心の中のメモ帳に書いておくことにした。

姉さんは、小説家になった姉さんは、そういうことを考えながら言葉を紡《つむ》いでいくんだろうか。

その日は、いつものように姉さんが作った晩ご飯を食べながらテレビを観ていた。動物番組だ。可愛い犬猫その他がたくさん出てきて、姉さんはその度に「カワイイ！」と声を上げていた。

でも、急に溜息《ためいき》をついて、箸を置いた。

「あのね」

「うん」

「明日から、カンヅメになるから」

「カンヅメ？」

それが、食品の缶詰ではなくて、あれだとはすぐにわかった。姉さんは渋い顔をして頷いた。

「だから、しばらくの間は自炊してね」

それは全然かまわないけれど。

「え、でもさ、そんなのはお金も掛かるし、超一流の売れっ子作家がやるもんだって言ってたじゃん」

私のような売れてない作家には縁がないものだって。

そう言ったら、こくん、と頷いた。

「その通り。ホテルにカンヅメにされるような立場じゃありません」

「じゃ、どこに」

「あるのよ。便利なところが」

そこの出版社にはそういう家があるらしい。元々は偉い人の個人宅だったところを、作家が寝泊まりして書けるようにしているらしい。歴史ある建物らしくて、名だたる数多くの作家がそこで名作をものしたとか。

「もちろん、無料。食事付き。ちゃんとお風呂を沸かしてくれたり、布団を敷いてくれたりする、お世話をしてくれる人がいるの」

「いいね」

「いいけれども、泊まれる部屋は二つしかないので、いつもいっぱいなのよ。この間、ちょっと弱音を吐いたら『たまたま十日ほど部屋が空いていますけど、カンヅメしますか?』って言ってくれて」

「橋本さんが?」

「そう、みおちゃんが」

何でも、今、百枚ほどの中編を姉さんは書いているそうだ。

それは百枚分を一気に文芸誌に掲載するものらしい。百枚というのは四百字詰めの原稿用紙に換算した枚数で百枚のことだ。

簡単に、とまでは言わないけれど、それぐらいなら十日間程度で書いてしまう作家も中にはいるらしい。俗に言う筆が速い作家さんだ。

でも姉さんは遅筆だと自分で言っていた。それだけの長さのものを書くというのは、かなり大変らしい。それでも一ヶ月ぐらいは何とかいいペースで、締め切りに間に合いそうな感じでは書いていたんだけど、ここのところ、なかなか書けなくなってしまった。

「言い訳するわけじゃないけど、なんか、ケンタの顔が浮かんできて」

「え」

そんなことでかい、とは言わなかった。

創作の、生みの苦しみというのはもちろんわからない。そもそもそれはまったく個人的なもので、共有できるようなものじゃないだろうから。

そしてもちろん姉さんにもそういうものがあるみたいだ。僕とこうしてご飯を食べたりしているときにはまったく見せないけれども、最近ちょっとだけわかるようになってきた。

　苦しんでいるときと、いないとき。

　姉さんが身体にまとう空気が違う。それには気づくようになったけれど、あえて言わないようにしてる。なんとなくその方がいいんだろうなと思って。

　そして姉さんもケンタのことを口にしたのは、なんとなく僕への気遣いじゃないかって気がした。少なくとも今まで一人でずっと暮らしてきて、僕と暮らし始めてから書けなくなったと言ってしまってはマズイと思ったんじゃないか。

「まぁそんなに遠いわけじゃないから、何かあったら帰ってくるけれど」

「籠《こ》もるんだね、そこに。原稿が上がるまで」

「そう。ちょっと頑張ってみる」

　どうぞ、頑張ってくださいと、弟は言うしかない。

「そう、それでね。別の話だけど」

「うん」

「木本さんがね」

　編集長さん。

「もし良かったら、ゲラ読んで感想を聞かせてくれないかって」

ゲラ？　って何だっけ。

カンヅメか－、と、清香は何だか眼をキラキラさせた。

四限まで講義があって、それが終わって待ち合わせた帰り道。このままどこかでご飯を食べるか、清香の部屋に行くかどっちにするか決め兼ねながら歩いていた。

「それは、何か憧れのようなものが？」

「だって、それってもう一流の作家のようなものじゃない。カンヅメさせてまでその先生に書いてもらいたいという編集者の熱意の表れでしょ？」

「あぁ」

そう言われればそうなのか。

「どうでもいい作家にそんなこと言うはずないじゃない」

前提条件としてどうでもいい作家に執筆依頼はしないと思うんだけど、まぁそれはいいや。そんなことを大ファンである清香に言ってもしょうがない。

「すぐ近くなの？」

「その出版社のね。だからうちのマンションからも近い。一応、公にしているわけではないので場所は教えてもらってないけれど、近くを通ったらすぐにわかるって」

古いけれども明らかに立派な造りで、でも一般の住宅なのに表札にはその出版社の名前があるから。姉さんに教えてもらった、そこで書いてきた数多くの文豪の名前を出したらますます清香は眼をキラキラさせた。

「そんな家があったなんて」

「業界では有名なところらしいね」

「今日で何日目？」

「三日目、かな？　一昨日《おととい》の朝に荷物とノートパソコン持っていったから」

執筆以外は何もしない生活。その部屋にはテレビもラジオも何もないらしい。一応ネットは繋がるけれども、本棚もＤＶＤも本当に何もない。食事も上げ膳据え膳。お風呂が沸いたら教えてくれる。布団も敷きに来てくれる。言えばお茶も持ってきてくれる。

本当に、ただ、書くのみ。

「閉じこめられるわけじゃないから、散歩とかはできるけどね」

実際昨日は一度帰ってきて、資料を持っていったらしい。そういうメールがあった。誰かが忍び込んだわけじゃないから安心しろと。

「ゲラってあれよね。校正刷りよね。初校よね」

木本さんの話か。

「よく知ってるね」

「本好きなら常識。誰のゲラを読むの？　お姉さんの？　そもそもどうして朗人に持ってきたの？」

そう。ゲラを読んでみないかって言われていいよって言うとすぐにそれは送られてきた。しかもバイク便で。

「姉さんのじゃないよ。違う作家さんの。誰かは言えないんだ。木本さんが個人的にやってるものだから」

「そうなんだ」

きっと清香も読んでみたいんだろう。最近はその初校ゲラとか、まだ印刷前の作品を書店員さんとかに読んでもらうことも、営業の一環らしい。でも、僕に読ませても何のメリットもない。

「朗人が気に入られたってことだよね」

「そうらしい」

木本さんはたった一回会っただけの僕の、会話の端々に滲む感覚がすごく気に入ったらしい、と、姉さんが何だか嬉しそうに言っていた。そう言われても全然わからないんだけど、気に入られて悪い気はしないし、小説を読んで感想を言うだけなんだからなんてことはない。明後日《あさって》の夜にお茶でも飲みながら話すことになっている。

「そういや、今日は部屋を見に来られるんじゃないの？」

「私？」

清香が眼を丸くした。

「部屋は見たいけど、姉さんにはまだ会えないって言ってたじゃないか。今なら部屋を見て、姉さんには会わずに済むよ」

なるほど、と、清香は手を打った。

「でも、お姉さんがいないうちに、黙って上がり込むっていうのもなんか鬼の居ぬ間になんとやらみたいで嫌なのでメールしておいて」

「何て？」

清香が首を捻って少し考えた。

「普通にお部屋を見せていただいて、お茶だけして、あ、せっかくだから晩ご飯を作って一緒に食べてそれで帰るって。あの、決してお泊まりなんてしませんって」

「了解」

素直にその通りに一言一句そのままにメールしたら、ソッコーで返事が来た。

文面を読んで、思わず笑ってしまった。

「あのね」

「うん」

「ぜひとも清香に会いたいから、晩ご飯を一緒に食べさせてくださいって。私の分も作ってくださいお願いしますお願いしますってさ」

「ええっ？」

五

料理上手、っていうのはどのレベルを指して言うのかよくわからない。

たとえば母さんは、僕らが一緒に住んでいた頃は毎日毎日僕たちと父さんのためにご飯を作っていた。毎日っていうのは、三百六十五日、一日三回。それってものすごいことだと思うんだ。それだけの回数ご飯を作っているってことは、もうそれはご飯作りのプロじゃないか。だから、必然的にお母さんは料理が上手になるんじゃないかと思うんだけど、でも、世の中には料理が下手なお母さんもいる。

たとえば、申し訳ないけれど、引き合いに出して本当に済まないと思うけれど、千葉のお母さんは料理が下手だ。

僕は千葉の家に何度か泊まりに行ったことがあるけれども、千葉のお母さんの作る料理を食べる度に（これは、美味しくないぞ）と思っていた。幸いにしてそんなことを言ってはいけない、という分別がある子供だったので言わなかったけれど、容赦ないガキだったら間違いなく「なんか、美味しくない」と言っていたに違いない。そんなお母さんの料理を毎日毎日食べていた千葉のことは、ある意味では尊敬できるかもしれない。

じゃあ、うちの母さんがどうだったかと言うと、普通に美味しかった。千葉の家と比べると数段美味しかった。でもそれは千葉の家と比べると、であって、普段は別にそんなことを感じないでただ食べていた。大学生になった今はどう思うかって言うと、まぁ普通に美味しいと感じる。そもそも、そんなにあちこちの家庭のご飯を食べているわけじゃないから比較ができないけど。

うちの母さんと千葉のお母さんのその差はどこから生まれるものなのか。

「やっぱり、舌なんじゃない？」

清香が言った。

「舌だよね」

味覚なんだろう。味付けだ。

醤油《しょうゆ》の量、塩の量、胡椒《こしょう》の量、味噌《みそ》の量。材料に対するその配分。素材によって使い分けるその微妙な配分。

それを感じとる味覚。

それが料理上手と下手を分ける第一歩。そしてその味覚は遺伝なのかそれとも環境で決まるものなのか。

「私のお料理は？」

「美味しいよ？」

玉葱《たまねぎ》を切りながら清香が訊くので、そう言っておいた。

「お世辞？　ムリヤリ？」

「いえ、本心です」

笑った。いやこれは本心だ。清香の作る料理をもう何回も食べているけれど、圧倒的に美味しいんだ。つまり料理が上手だ。母さんの数段上を行ってると思う。何が違うかと言えば、やっぱり味付けだ。同じ野菜炒《いた》めを作ったとしても何かが違う。複雑な味わいがあって、それが旨《うま》さに繋がっていく。

「でもさ」

褒められて嬉しいのでニコニコしながら清香が言う。

「それはやっぱり、朗人くんのお母さんがちゃんと料理を作って、育ててきたからだよ。舌がきちんとしてるんだよ」

だからそれを感じとれるんだよ、って言う。

「まぁ、そうかもね」

「感謝しなきゃ。お母さんに」

「しておく」

清香のお母さんの実家は料亭なんだそうだ。京都にある料亭の娘で、特に一流ってわけじゃないけれども三代続いているそうだからそれなりのものなんだと思う。そこの三女がお母さん。お店の厨房《ちゆうぼう》のお手伝いもしていたそうなので、料理に関しては相当のものらしい。

だから、清香も小さい頃からきちんとした味付けのものを食べてきた。ちゃんとした料理を教えられた。

きちんとした、ちゃんとした、っていうのは、素材のいいものを使うとか高いものを使うってことじゃなくて、そのときそのときでぴったりと合うものを組み合わせて作ることだそうだ。

安いものでもいい。普通のものでもいい。とにかく、この素材のこの味だったら、これぐらいの塩梅《あんばい》で、これぐらいのやり方というものを覚える。それを常に応用する。それだけのことだそうだ。

それだけのことって、それがかなりムズカシイと思うのだけれど。

「そんなことないよ。数学と同じだよ。公式を覚えてそれを当てはめればいいだけなんだから」

「数学ね」

料理は舌の感覚だけじゃないそうだ。化学だって言う人もいるらしい。まぁ確かに味付けっていうのは化学反応なんだろうなって気がするから、それをきちんと理解すれば味付けには失敗しないんだろう。

「ところでさ」

「うん。なに？」

「どんだけスゴイ料理を作ろうとしているの？　なんでそんなに張り切ってるの？」

銀行に行ってキャッシュカードでお金を下ろして自腹でものすごい量の材料を買ってきて、これでもか、っていうぐらいに清香は料理を作っている。それはゼッタイに、三人では食べ切れないと思うんだけど。

「いや、だって」

えへへ、と清香は笑う。

「何か、いろいろ気に入っていただけたら嬉しいなって思って」

「それはあれじゃないか。結婚の報告でもしに行ってついでに泊まったときにでもする僕の実家の父母に対する姿勢じゃないの？　姉にそんなことしなくてもいいんじゃないのでしょうか」

「だって、私はファンなんだもん」

そうか。僕の姉ではなく、作家・竹内美笑への思いが溢《あふ》れた料理にしたいというわけか。

「美味しいものをたくさん食べていただいて、たくさん素晴らしい作品を書いていただかないと！」

「お任せします」

ファンとはありがたいものだって、姉が作家になって初めて理解できた。やっぱり世の中って、そうなってみないとわからないものがたくさんあるんだ。

「ねえ」

お任せしようと居間に移動したら清香がキッチンから呼んだ。

「なに？　なんか手伝う？」

「違う違う。たくさん作り過ぎる予定だから」

予定なんだね。それはもう作り過ぎる、じゃなくて、作るつもり、だよね。

「千葉くんも呼んだらどうかな？　お姉さんさえ良ければだけど」

「あぁ」

なるほどね。美味しい料理とは言っても、明日も明後日も残り物を食べる羽目になるのは確かにツライものがある。

「呼ぼう」

＊

「美味しい！」

その言葉の後に、ぃぃぃぃいいいいい！　ってつくぐらいに、そして顔にパァァァアアアア！　って言葉が入るぐらいに姉さんが感激して足をじたばたさせていた。

辛みタレをかけた蒸し鶏白髪ネギ添えとか、アジの南蛮漬けとか、茗荷《みようが》ダレをかけた蒸し茄子《なす》とか、バジル炒め飯アジアン風味とか、青いパパイヤのサラダとか、とにかくもう腕によりをかけました！　っていう料理がテーブルに載りきらないぐらいに並んでしまった。

全体的にどこかエスニック風なのは姉さんのリクエストに応えたからだ。そして清香が言うには、こういうエスニック風の料理はたくさんの量を作ってこそ深い味わいが出るのだとか。

そのどれを食べても姉さんは足をじたばたさせた。

「朗人」

「なに」

「私が今から言う言葉をズバリ当てなさい」

姉さんが食べながら言うので、僕はえぇー面倒くさい、という表情をわざと見せる。

本当に面倒くさかったから。

「美味しいでしょ？」

「違います。レベルを上げなさい」

じゃあ。

「清香とゼッタイ別れるんじゃない、ですか」

「もっとレベルを上げなさい」

清香は、もう憧れの作家が眼の前にいて嬉しいのか料理を褒められて嬉しいのか何なのかずっとニコニコニコニコしてる。

「姉さん、俺が当てますよ」

千葉も、ずっと料理を口に運び続けている。

「うん、当てて当てて大貴くん」

千葉が僕を見た。

「明日、清香ちゃんを実家に連れてけ、でしょ？」

「ピンポン！」

二人で大笑いする。

何かもう、清香がスパイスに何か危ないものを混ぜたんじゃないかってぐらいに、二人はハイだ。

でもまぁ、確かに美味しいんだ。それはもうでき上がる前から僕はわかっていた。彼女の作る料理が不味《まず》いはずがない。

初めて清香に料理を作ってもらったとき、それは彼女の部屋で、お粥《かゆ》だったんだ。僕が前の日の夜に、同じゼミの連中や教授と食べ放題の店に行ってさんざん飲み食いしてなんだかもう胃がもたれてひどいって話をしたときに、作ってくれたお粥。白いご飯が輝いて見えるぐらいのシンプルなただのお粥だったんだけど、そして出汁《だし》のあんを掛けて食べるものだったんだけど、一口食べてびっくりした。

これをお粥と言うんなら、僕が今までの人生で何回か何十回か食べたことのあるお粥は、ただのふやけたご飯だったんだと思ったぐらいに、美味しかった。そういうお粥を彼女は何でもないふうに、ごくあたりまえに簡単に作る。

よく男のハートを摑《つか》むなら胃袋を摑め、なんて言うけど、ある程度は真実だと思う。

美味しい料理を作れる女の子はそれだけでアドバンテージがあると思うよ。

「清香ちゃん」

「あ、はい」

姉さんがもぐもぐと口を動かしながら言う。お行儀が悪いぞ姉よ。

「お願いする。ゼッタイに朗人と別れないで。そしてこの先何十年も私にお料理を食べさせ続けて」

「いやおかしいでしょうそのセリフ」

「だって、正直料理がイヤなんだもの」

「そうなんですか？」

清香が僕を見る。

「お姉さんの作る料理は美味しいって、朗人くん言ってましたけど」

姉さんは頷く。

「それはね、私はぐいっとレベルを上げてるの。朗人と一緒に食べるために、美味しい料理を作るために集中して作ろうって。でもね、一人だともっとどうでもよくなるの。自分で食べるだけの料理のために集中なんかしたくないのよ」

「それは、あれじゃないですか姉さん」

千葉が言う。

「小説を書くために、そういう力を使いたいから、他のことに集中したくないんじゃないですか」

うん、って姉さんが頷いた。

「そうかもしれない。実家で料理を作っていた頃は、そんなふうに考えたことなかったから」

千葉は、姉さんのことを〈姉さん〉と呼ぶようになった。〈ねえさん〉じゃなくて、〈あねさん〉だ。

小さい頃は〈お姉さん〉だったはずなんだ。中学生や高校生の頃には、名前の美笑さんって呼んだこともあったと思うけど、三人でよく会うようになってからは〈あねさん〉と何故か呼び出した。姉さんも別に何とも思ってないようだし、僕としてもどうでもいいから放っておいているけれども、昔のヤクザ映画以外で〈あねさん〉って言葉を聞くとは思わなかった。

たくさんの料理は、全部なくなった。

明日からの残り物生活を回避できて、しかも冷蔵庫の中には買い過ぎて余った食材もたくさんあって僕にとっては良いことずくめの食事になった。

「しばらく動けないわ」

姉さんはソファでだらだらとして、洗い物は清香ちゃんじゃなくて朗人がしなさいと厳命した。いや、俺もしますよ、って千葉が笑って参加する。

男二人でキッチンに立って、洗い物を流れ作業でこなす。基本的に二人とも器用だし、普段からやってることだし、千葉に至っては飲食店でのバイト経験も長い。

「コーヒー？　紅茶？　日本茶？」

キッチンから声を掛けると、姉さんはちょっと考えてから「日本茶」って手を挙げた。清香も「じゃあ私も」と。そう言ってる間に千葉はもうお湯を沸かしていて、急須と湯飲みを用意している。手際が良い。

僕がちょっとだけ、ほんの微かに、千葉が苦手な友人だっていうのはこういうところもだ。自分がやろうとしたことをほんのコンマ何秒かの違いで先読みされてやられてしまう。小学校や中学校や高校時代にも、そういうことが何回かあったんだ。

「姉さん、訊いていいですか」

千葉が言う。

「うん、なに？」

「カンヅメになるぐらい必死のとき、ものすごく集中しているときって、お腹空《なかす》かないって本当ですか」

あぁ、って姉さんは小さく頷く。

「本当かもね。お腹空かないっていうより、ご飯を食べることによって集中が途切れて、しかも胃袋に血が回るのを本能的に拒否するみたいな感じ。今食べたらダメだダメだって身体のどこかで感じるのかな？」

「じゃあもうそもそも今日はダメじゃん。そんなに食べてもう集中なんかできないでしょ」

「そこはね」

姉さんはにやっと笑った。

「清香ちゃんに会えてご飯が食べれると思ったら、ものすごく集中できて、何枚も書けたの。今晩はこのまま寝ても大丈夫」

「でもあれですよね」

千葉が急須と湯飲みをお盆に載せる。何気なくやってるけれど、湯飲みをきちんとお客様用と、普段姉さんと僕が使っているのを食器棚から選んで、これでいいか？って顔をするので、頷いた。そういうのにもすぐ気がつけるんだから、やっぱり千葉って大した男だと思うよ。

きっとこいつは就職活動も、何にもしないでふらふらしてると思っていたら、いつの間にかスルッ、ととんでもないところに就職しちゃったりするんだろうな。

「一日何枚書ける、とか、保証がないじゃないすか」

「ないねー」

千葉が持っていった急須と湯飲みを引き取り、姉さんがお茶を淹れる。それぐらいはするわよ、って感じで。

「一枚も書けないときは本当に書けない。でもね、そんなの甘えだって怒る作家さんもいる。一枚でも二枚でも書く気力があれば書けるはずだって」

「でも、それは人それぞれですよね？　怒られても困りますよね」

清香が言う。姉さんが湯飲みをそれぞれに配りながら頷いた。

「困っちゃうけど、正論。書けないはずがないんだもの。明らかにそこに物語があるんだから、それを言葉にすればいいだけなんだから」

「でも書けない？」

お茶を飲みながら、僕が訊いた。姉さんが、渋い顔をして頷く。

「そこは、もうデビューして四年も五年も経つのに、まだ私はアマチュアなんだなって思う」

「お金を稼いでいるのにアマチュア？」

千葉が、言う。姉さんは、うぅん、って頷いた。

「怒られるかも、だけどね。小説家に限らないけれど、何かを創《つく》ってそれを売って生活している人って、常に正解がないものを創っているから、それこそプロフェッショナル！　って意識はあまりないみたいな気がする」

あくまでも、そんな気がする、それにって姉さんは続けた。

「プロフェッショナルって、一分の隙もなく、きっちり仕上げる工業製品とか職人さんとか、そんな気がしない？」

あぁなるほどそっちか、って千葉が頷いた。

「小説とか音楽とかって形がない、エモーショナルな部分が大きいから創っている方もそっちに引き摺《ず》られるって感じですか」

「そうそう、そんな感じ」

慣れた感じで姉さんと千葉が頷き合う。なるほどね、って清香も頷いた。

そういうものを、自分の姉が創っている、書いているっていうのはなんか不思議だとずっと思ってる。

姉さんが書いた小説は、本は全部読んでいるけれども、その文章を姉さんが書いている姿も一緒に暮らすようになってから何度か見ているけれども、現実感はない。たぶん、普段自分が喋っている、会話をしている、空気みたいな日本語だからだ。あたりまえのものを、あたりまえのように書いている。でも、そこにでき上がるのは読んだことも聞いたこともない物語。

知らない誰かと誰かの物語。それは現実にあったことをなぞっているんじゃなくて、姉さんの頭の中、心の中だけで描かれている物語。

＊

姉さんがカンヅメになる出版社の秘密の家へ戻っていった。同じ方向だから姉さん途中まで送りますよ、って千葉が言って、二人で部屋を出ていった。清香も一緒に帰ると言ったんだけど、玄関先で、それは余韻がないからもう少しのんびりしていって、と姉さんが言った。余韻ってなんだ余韻って。

千葉が、それは泊まっていってもかまわないっていうことじゃないのか、と笑って言うと、姉さんが少し千葉を睨《にら》んだ。

「そういうことはね、直接言わない方がいいのだよ大貴」

あ、すいません、と、千葉が笑いながら謝る。

「おもしろいね」

二人を見送って、部屋に戻ると清香が言った。

「何が？」

「千葉くんと、お姉さんと、朗人。三人揃うと、あ、お姉さんとは初めてだからあれだけど、雰囲気ががらっと変わっちゃう」

「そうかな」

そうだよって、笑った。二人きりになったからといって別にどうこうということもなく、そもそもそんな時期はたぶん過ぎちゃっているから、ソファに座ってそれこそ余韻でお茶を飲みながら話してた。

「千葉くんも朗人も小学生ぐらいに戻っちゃう感じ。お姉さんに怒られたり窘《たしな》められたりするのを楽しんでいるみたいな」

まぁ、何となく言いたいことはわかる。実際、千葉と二人で遊んでいて、姉さんによく怒られていたし。

「姉さんの部屋のマンガを勝手に持ち出して読んでて、汚したとかね」

「めちゃくちゃ怒るの？　お姉さん」

「怒るというか、態度が怖くなる」

殴ったり怒鳴ったりではなく、弟の同級生への躾《しつけ》を始め出すような感じだった。

「だからだね。千葉くんがあんなふうにお姉さんに接するのは。すごく楽しんでる感じがする」

そうかもしれない。人付き合いにあまり熱量を感じさせない千葉だけど、姉さんに会うと僕と一緒に小学生だった頃を、感情を素直に出して笑ったり泣いたりしていたときのことを思い出すのかもしれない。


木本さんとは夕方に出版社の近く、神楽坂の駅の裏側にある小さな喫茶店で会った。カフェっていうより喫茶店って名前がいい感じの古いお店。

本当は晩ご飯をご馳走《ちそう》してあげたいけど姉さんから甘やかさないでと言われているって苦笑いしていた。もちろん、かまわない。担当作家の弟だからって経費でご飯を食べさせてもらう理屈にはならないことぐらいわかってる。

「その代わり、コーヒーでもケーキでも好きなもの頼んでいいよ」

煙草《たばこ》が吸えるところで悪いね、と木本さんは謝っていたけど、ここは喫煙可の昔ながらの喫茶店で、その上ママさんが作る手作りのケーキがむちゃくちゃ美味しいのだそうだ。僕も甘いものは嫌いじゃないので、チーズケーキを頼ませてもらった。

この間は煙草を吸っていなかったけど、木本さんは喫煙者だったんだ。

「これ、お返しします」

クリップで綴《と》じたゲラの入った封筒を返した。

「うん、ありがとう」

受け取って、中身を確認して、木本さんはそれをテーブルの上に置いて、そこに手を置いた。

「どうだったかな。何も飾らなくていいから、素直な感想を聞かせてよ」

そう言われて、頷いた。そもそも素直な感想を言う以外に僕は何もできない。

小説は、たぶんサスペンスっていう部類に入るものだと思う。でも主人公は普通の大学生の男女だった。ひょっとしたらそれが、僕に読ませた理由なのかもしれない。普通の大学生の、お互いに面識のない男女が突然のように事件に巻き込まれて、何もわからずに自分たちを守るために逃げたり解決するために走り回ったりする小説。

エンタメってやつだと思う。

「お話としてはおもしろかったです。でも、個人的に引っ掛かるところが多過ぎてその度に突っかかってしまって、きっと作者が意図するところの六〇パーセントも愉《たの》しめなかったかなって気がします」

「どこに引っ掛かった？　何が引っ掛かった？」

「主人公たちですね。大学生のやよいと謙一《けんいち》。そもそも、〈やよい〉と〈謙一〉っていう名前がもうこの物語に合わないなって僕は思いました。古臭いとかじゃなくて、この物語自体にフィットしていない。合っていないから、彼らの行動と言葉にもギャップを感じます。それがいちいち引っ掛かるんです。のっけからタクシーをつかまえてとんでもない距離を逃げるから〈謙一〉は金持ちの家の子供か、何か悪いことでもして稼いでいるのかって思ったら全然普通の家庭の子でなんだそりゃって。まずは走って逃げるよなって思ってしまったらもう、ずっと違和感を感じっぱなしでした」

木本さんは、うん、と大きく頷いた。

「そういう設定上の乖離《かいり》を感じた、と。それさえなければ最初からのめり込めたって感じかな？」

「そういうことです」

それから、ここはどう思ったとか、あれこれ話をしていた。木本さんは僕の話をきちんと訊いて、メモを取って、いろいろ頷いていていた。

あんまりにも熱心に僕の話を聞いてくれるもんだから逆に何か不安になってしまっ

た。この本はたぶん出版されるんだろうけど、そんなことはないだろうって思うけど僕の意見のせいでおかしなことになったらどうしようって。

「あの」

「うん？」

「いつもこんなことするんですか？　ゲラを僕みたいな素人に読ませて意見を聞くなんて」

訊いたら、木本さんは少し笑った。

「素人じゃないよ。朗人くんは、読者だ」

「読者」

「僕たちが相手にしているのは、物語の読者。読む人。そこには素人も何もないよ」

そうか。そう言われればそうか。木本さんは頷いて、煙草を取り出すと火を点《つ》けた。

「もちろん誰にでも読んでもらうわけじゃない。本読みのセンスがあるって感じたって言ったよね」

「はい」

言われた。

「種は何でも蒔《ま》いておきたい」

そう、って言いながら微笑んで、煙を吐いた。

「将来の作家の種、有能な編集者の種、良き読者の種。あるいは自分の大好きな作家がさらに飛躍するかもしれない種。そういう人と出会えたなって感じたら、僕は大事にしたい。そして、朗人くんはそういうような存在だなって感じたからね」

「大好きな作家って、姉さんのことですか」

そう、って木本さんは頷いた。

「彼女はもっと伸びると思う。一緒に暮らす弟である君の存在もきっと竹内さんにとっては大きなものになるはずだって判断したんだ」

大好きって、女としてじゃあないよな、なんてことを考えたら、ひょっとしたら顔に出たのかもしれない。木本さんが、少し苦笑いして続けた。

「もちろん、あくまでも編集者として大好きって意味だからね。老婆心《ろうばしん》ながら」

「ですよね」

言ったら、また笑った。

種を蒔く、か。

「種」

「皆さん、編集の人はそういう考え方をするんですか」

木本さんは、大きく頷いた。

「多かれ少なかれそうだと思うよ。僕たちみたいな仕事を愛する人間はね」

姉さんがカンヅメを終えて帰ってきたのは、それから一週間ぐらいしてから。

原稿が上がってお疲れ様でしたと、担当編集の橋本みおさんと一緒にご飯を食べて
夜の十時ぐらいに帰ってきた。

「きっちり、お勤めを終えてきやした」

そう言って、洗濯物が溜《た》まってしまったってぼやいた。何度か家に帰ってきて洗濯
はしていたけれど。

「なんだったら、しばらく晩ご飯を作ろうか？」

「いや、ありがたいお申し出ですけどいいです」

「どうして」

日常に戻らなきゃ、って姉さんは言った。

「暮らしのペースがすっかり狂っちゃったから、それを戻さないと。明日からまた普
通にやるから安心して」

一人暮らしのときには一人暮らしのペースがあった。姉さんはそれを崩さないこと

が、自分の体力に見合った小説を書けるコツだとわかった。

そして、僕と二人暮らしになったら、二人暮らしのペースを摑むようにした。それでまたきちんと書けるようになる。

「でも、カンヅメとかしちゃうとそのペースが乱れちゃって、戻さなきゃならないから」

「なるほど」

「明日からはまたいつも通りで」

了解、と、頷いた。いつも通りのペースを作ることで、姉さんはいつも通りの物語を書けるようになるんだろう。小説家の生活そのものがそのまんま作品に出るはずはないんだけど、姉さんの場合は、自分の暮らしが滲み出るのは間違いないんだ。

だから、自分の暮らしをきちんと続けることが大事になってくる。なるほどね。

とりあえずお風呂に入ると宣言して、そうしてまだ大丈夫と言って洗濯機のスイッチを入れていった。マンションっていうのは洗濯機の振動の音が意外と響く。夜中にやるとそれにクレームをつけてくる人がいるそうだ。夜の十一時以降には洗濯機を使わない方がいいと最初に言われていた。

実家である一軒家に住んでいるとわからないことが、マンション暮らしにはある。

実際問題このマンションに住んでいる全員が善人とは限らない。一人暮らしの女性にはいろいろと危険が多い。

でも、男と暮らすことによってその危険のいくつかは回避される。それがまぁ、姉さんが僕を呼んだ主な目的なんだけど。

僕は僕で、夜に家にいて姉さんが執筆中にはそれなりに気を遣う。テレビを観るときにはヘッドフォンをする。でもこれはやってみると正解だった。DVDで映画を観るのがほとんどだから、集中できていい。たまに姉さんと二人でヘッドフォンなしで観ると、あった方がいいなって感じるぐらいだ。

自分の部屋のドアは、寝るときと何かに集中したいときと着替えているとき以外はしっかり閉めない。それは姉さんと話し合って決めた。つまり、しっかり閉まっていなければ「おやつ食べるー？」とか「コーヒー淹れるー？」とか、自由に声を掛けていいってことだ。

すぐに終わる簡単なゼミの課題を、ドアを開けたままやっていると、洗濯物を掛け終わったらしい姉さんの声が聞こえた。

「ねぇ」

「うん」

振り返ると、開けっ放しのドアのところに姉さんが立っていた。パジャマにカーディガン姿だったのでもう今日はこのまま寝る気まんまんなんだろう。

「明日でも明後日でもいいけどさ」

「なに」

「ケンタに会いたい」

あぁ、なるほど。もふもふしたいんですね。ずっとカンヅメで猫欠乏症になったと。猫アレルギーもなんか治ってきたような気もするんだよね。

「いいよ。後で千葉に予定訊いておく」

六

大学生になれば、それまでとは違った出来事が毎日の生活の中に飛び込んでくる。それは入学するときに姉さんに言われたことだ。

まぁそれはそうだろうな、と思った。小中高と違って大学には日本全国からいろんな人がやってくる。通う環境も目的も人それぞれだ。そして皆が在学中に〈大人〉という年齢になる。そういう立場を得てしまう。

何より飲み会がある。もちろん建前としては二十歳になるまでダメなんだけど、飲んでいる連中はいくらでもいる。そして酔っぱらったら、いろいろある。誰かが交番のお世話になったとか、誰かと誰かがやっちまったとか、誰かが妊娠したとか。酔っぱらわなくても、誰かが二週間も行方不明だとか、ヤクザに借金ができたとか、宗教の勧誘をしてるとか、ネズミ講みたいなことをやってるとか。

高校生までは、それこそ小説やドラマやマンガの中にしかなかった出来事が、自分の身の回りで起こっている。本当かどうか確かめたことはあまりないけれども。

千葉の家にケンタをモフりに来て、姉さんと三人で晩ご飯を食べているとそういう話になった。千葉の学部の同級生がヤバい宗教にハマっていて、そいつがいろいろと周りに迷惑を掛けている話。

「お前も迷惑を被《かぶ》ったのか？」

訊いたら、千葉が軽く笑った。

「俺はそういうの、全然」

まぁそうだよね。千葉はなんかそういうトラブルとは無縁のような気がする。

「そういうのは、寄ってこられそうな人のところに寄ってくるのよね」

姉さんが言った。

「冷たい言い方だけど、しょうもない出来事を寄せてしまう人って確かにいるんだよ。で、そういう人って見てるとやっぱり隙だらけって感じがある」

「性格ってこと？」

うーん、って唸る。

「何だろう。そこは何とも言えない。広い意味では性格なんだろうけど、それとも少し違う。あのね？」

「うん」

姉さんが真面目な顔をする。

「一度、暴力団の幹部の人に会ったことがあるの」

「おお」

千葉が眼を丸くした。

「そんな取材したんすか」

「取材じゃないの。あるノンフィクションライターの人との会食があって、六人ぐらいでご飯食べていたの。そのお店にたまたまその人がやってきて」

そのライターさんと面識があったそうだ。それで、少しの間、皆と話をした。

「見た目は普通のおじさん。その気になればいくらでも怖くなれるんだろうな、って雰囲気はあったけれど、どこかの会社の重役さんって言われればそうかなって感じ。ある人が質問したのよ。ヤクザに拾われるような若者についてね。そうしたら、言ってた」

暴力団でものし上がる人は、独特の嗅覚《きゅうかく》を身につけるそうだ。

「仲間にすると頼りになる奴、仲間にはしない方がいい奴、そして、カモになる奴。はっきりと嗅《か》ぎ分けられるんですって。大学生でふらふらしている連中なんか見ているとそういうのがぷんぷん匂ってくるって。あるいは色分けするみたいにはっきり見えるって」

思わず千葉と二人で唸ってしまった。

「その気になれば、どんな人間でもカモにできる。でも、戦うカモと面倒臭いカモには手を出さない。そんなことしてる暇はないから。余計な手間なんか掛けたくない。丸まんま言いなりになるカモしか狙わないって。だから」

「しょうもないトラブルに巻き込まれるのは、そういう人間ってことですか」

「そういうことね。その人の言ってることはすごくよくわかった。私も常々そういうふうに思っていたから」

隙だらけの同級生は確かにいたって。そういう人はやっぱり何かに付け込まれてしまう。

「俺はどうですかね」

千葉が訊いたら、姉さんは、ふっ、と鼻で笑った。

「君はそういうのをとことん面倒だなってすぐに思う人でしょう。思うってことは、わかってるってことだよ」

「まぁ、そうですね」

そうだと思う。千葉は何にも巻き込まれないし、巻き込まない。

「むしろ僕が危ないかも」

言ったら、二人に同時にツッコまれた。

「そんなことないだろ」

「何言ってんのよ」

「え、そう？」

びっくりした。そんなに反応されるとは思わなかった。

「僕は平気ってこと？」

そうだろ、って千葉が笑う。

「お前は自分で気づいていないだろうけど、めちゃくちゃクールなんだぞ」

「クールぅ？」

およそ自分には似合わない形容詞だと思ったけど、姉さんも頷いた。

「クールっていうのは、朗人にはあまりにも格好良過ぎだけど、あんたは常に一歩下がるよね」

「そうそう」

千葉がわが意を得たりというふうに大きく頷いた。

「何かが起こる一瞬前に本能で察知して、お前は必ず一歩下がるんだ。しかも誰にも気づかれないように」

「え、なにひょっとしてけなされてるのか？」

「狡猾《こうかつ》な草食動物だな」

「狡《ずる》いよね」

二人で笑った。

「そうじゃない。動物が生き残るための知恵をあたりまえのように身につけてんだよお前は。褒めてんだ」

「そうなのか？」

察知して一歩下がる？　自分がそんな男だなんて、思ったことも感じたこともまったくない。そしてそれは本当に生き残るための知恵なのか。単に卑怯《ひきょう》とか狡い人間ってことじゃないのか。

でも、千葉と姉さんが二人してそう言うんだから、そうなんだろう。

「それって、皆感じてること？」

訊いたら、千葉は首を横に振った。

「そういうのを感じる人は少ないと思うぜ。せいぜいが松下さんぐらいだろう」

「長所だけど欠点でもあるわよね。気をつけなさい」

姉さんはにやりと笑った。

「一歩踏み込むべきときに踏み込めないとチャンスを逃しかねないからね」

何ですかその賢者みたいな言い方は、とは思ったけれど、まぁ五歳も上の姉の言うことなのだから、素直に聞いておく。

そして、分析好きの幼馴染みと五歳も上の姉に自分はどういう人間であるか、なんて訊かない方がいいってことは充分に理解できた。

人生は毎日が勉強だ。

＊

大学生活二年目の夏はバイトバイトで毎日が過ぎていった。

いくら家賃を払わなくてもいいと言っても、遊ぶお金は自分で稼がなくてはならない。僕も人並みの大学生だから、自分で好みの服だって買いたいし、清香とのデート代だって稼ぎたい。一応何もかも割り勘と決めてはいるものの、そこは、男だ。自分で払いたいという気持ちもあるし、誕生日のプレゼントだって自分のお金で買いたい。そこは大事だから頑張れ！　と、姉さんもマジな眼をして言っていた。

それでもまぁ、本当に親元を遠く離れて一人暮らしをして、生活費にも苦労している同級生の話を聞くと、僕は随分恵まれていると思う。そこは姉さんに感謝する。何せ食費も光熱費もほとんど全部出してもらっているんだ。頼まれて一緒に住んでいるとはいえ、いつか恩返しします、と、殊勝《しゅしょう》な言葉を言っておいた。

姉さんとの暮らしもすっかりそれがあたりまえになった。

日常が、姉との暮らし。

姉さんは毎日毎日家にいて、書けるときには書いている。書けないときにはどこかへ出かけていく。

映画を観に行ったり、買い物に出かけたり、二、三日の小旅行に行ったり。

仲の良い作家さんが家に来たこともある。天野《あまの》ゆうさんという作家だ。

同じ新人賞を取ってデビューした先輩作家で、年齢は姉さんの四つ上。天野さんの方が二年早くデビューしている。姉さんと違って背の高い女性で、一七〇センチもある。ヒールを履くと僕とそんなに変わらないんじゃないかって思えるぐらいの、モデル並みの身長だ。本人は「ただ高いだけで何にもメリットがない」と言っていた。

「運動神経がないから運動部にも入らなかったし、スタイルや顔がいいわけじゃないからモデルにもなれないし。メリットは本当に何にもなし。高いところに手が届くだけ」

本人の自虐の弁。一緒に晩ご飯を食べたんだけど、笑って誤魔化《ごまか》すしかなかった。絶対に口にはできないけど、申し訳ないけど、確かにそんな感じだった。身長は確かに高いけれども、がりがりでまるで鉛筆のようだった。ちゃんとご飯を食べているんだろうかと心配になったし、実際あまり食べなかった。顔も確かに美人とは言えない。比べると姉さんが美人に見えたぐらいだ。

でも、楽しい人だった。

とにかく頭の回転が速い。そして知識量がハンパじゃない。どんなことにでもマニア並みに精通していて、その知識を楽しくわかりやすく解説してくれる。天野さんと話しているとまるで上質のエンターテインメントニュースショーを観ているみたいだった。僕は心の中で〈女タモリ〉と呼んでしまった。

作家同士がどこで出会うかというと、大体は出版社のパーティだそうだ。自分が取った賞の授賞パーティや、その他の贈呈式という名のパーティ。

少し驚いたけれど、とにかく出版社が開くパーティというのはたくさんあるんだ。姉さんがその全部に出ているわけじゃないし、招待状が全て届くわけじゃないけれど、下手したら一ヶ月に一、二回は必ずある。つまりそれだけ新人賞とか文学賞というのは世の中にたくさんあるんだ。

正直、全然知らなかった。姉さんのところに来る招待状はいつも見せてもらったけれど、ほとんど知らなかった。知ってたのは姉さんが受賞した新人賞と、あとは直木賞とかの有名なやつだけ。

そういう受賞パーティは、大体ただで飲み食いできるらしい。

知り合いがまったくいないデビュー当時は本当にただ食べて飲んで担当編集さんと話してそれで帰ってきてしまうけれど、その場で作家さんを紹介されたりして知人がどんどん増えてくるとそれなりに楽しくなる、と、姉さんも天野さんも言った。もちろん、自分が大好きだった作家に会えたり話ができるのも楽しいって。

「でも、だんだん面倒臭くもなるのよね」

天野さんが言う。

「編集者さんは別にして、小説家なんてそもそもおかしな人が多いから知り合っても楽しくなかったりする人もいるし」

小説家二人を眼の前にして笑えなかった。

「おかしな人が多いんですか」

「多いわよ。私なんて小説書いてデビューしてなかったら、ただのオタクな引きこもりで百科事典にはぁはぁしてる変態女よ。そもそも小説書こうなんて思うこと自体が普通じゃないんだから」

まぁ、そうなのかもしれないけど。

「ほら、芸術家ってエキセントリックな人が多いっていうじゃない？」

「そうですね」

「小説家も一応その部類だから。もちろん、そうじゃないちゃんとした人も、美笑みたいな人もいるんだけどね」

そう言われて姉さんがにんまり笑った。

「私はちゃんとした人だから」

まぁおかしな人ではないよね。

「一度知り合ったら、あとは普通の他人同士の付き合いと同じよ。気の合う人もいれば合わない人もいる。私と美笑みたいに気が合えばこうして友達付き合いする」

「でも、一点だけ一般の人たちとの付き合いと違うのは、お互いに〈作品〉を介しているっていうところね」

姉さんが言う。

「それぞれの人格とは別なところに〈作品〉がある。会って話したら合わないタイプの人だったけど作品は好き、っていうのがある。そこは矛盾を抱えるけどね」

「あら、人格がおかしい奴はやっぱり作品もおかしいわよ。どんなに〈小説〉としてきちんと成立していても、その向こうにそれが見えちゃったらさ、『あぁあれはそういうことだったのか』って理解できて嫌になったりすることもあるわけよ。坊主憎けりゃ袈裟《けさ》まで憎いってやつね」

なるほどって思うけど、少なくとも僕は天野さんの作品は好きだった。こうやって出会ってから読んだんだけど、全然イメージが違う。作品の向こう側に天野さんが全然見えない。

そう言ったら、にんまりと笑った。

「ねぇ、弟くんって編集の仕事が合ってるんじゃないの?」

「あ、木本さんもそう言ってた」

そういえば、そんなことを言われたような気がする。うん、って頷いて天野さんは僕を見た。その瞳がきらりと輝いたような気がした。

「それはね、私が完璧に自分が嫌いだから」

「自分が嫌い?」

「自虐的に過ぎるけど、要するに鏡に映った自分を見たくないのよ。結局アーティストとかってナルシシズムの極致に向かってるわけよ。自分大好きなのね。そうでなきゃ自分の作品なんか生み出せるはずもない。でも、その対極で自分が大嫌いだからその反対側にいる理想の自分を生み出すタイプもいるの。それが、私」

なるほど。

「っていうことは、姉さんも自分大好きなナルシストであると」

「そういうことね。でも美笑のすごいところは、そういう自分を微笑んで見てるところ。楽しんでるのよ。その楽しみ方が心地よいので、作品も自然とそうなってる。羨ましいわー、絶対に私には描けない世界」

話を聞きながら、そうか小説家同士はこうやってそれぞれの作品を褒めるのか、と思っていた。でも、それを抜きにして単純に二人は仲が良いんだな、と感じた。小説家じゃなかったとしても、天野さんと姉さんが出会えば友人になったのに違いない。

「私も羨ましいよ」

天野さんが帰った後、洗い物をしながら姉さんが言った。

「何を？」

「ゆうちゃんが。あんな作品を書けるゆうちゃんが羨ましいって思ってる。同じように、私には今のところ描けない世界だから」

そうなのか。単なる読者である僕からすると、姉さんの小説も天野さんの小説も、どちらも物語だ。ＳＦとかファンタジーじゃなくて、僕たちが生きている現実の世界の物語を描いている。それで、どこがどう描けないのか僕にはよくわからない。素直にそう訊いたら、姉さんは頷いた。

「私の小説はね、最近自分でもわかってきたんだけど、ただ物語を構築しているだけなの」

うーん、と考えた。

「小説ってそもそもそういうものじゃないの？」

「違うのよ。あ、それも違うか。それもひとつの形ではあるんだけど、ゆうちゃんとか、その他にもたくさんいるけれど、物語の中に人間の業《ごう》みたいなものを炙《あぶ》り出せる作家さんがいるの」

「業を炙り出す」

業ときたか。どこの世界にそんな言葉を日常で使う人がいるのかと思ったけど、眼の前にいたのか。思わず顔を顰《しか》めてしまった。これは創作論ってものになるのか。一般人の僕には手に余るんじゃないのか。

「そんな難しい話じゃないよ。要するにプラスアルファってこと。物語の中にどれだけ読者に提供できるものが自然に生まれていくかってこと。物語ってね、筋だけじゃないんだよ。その筋の中にどれだけ種を蒔けるかってことになるんだよ」

「種？」

「そう。その種は読者の解釈によって芽を出し花が咲くものなの。小説家が意図する種もあれば、意図してないところにも読者が勝手に種を見出して芽を出させてしまうものもある。それが多ければ多いほどその物語は芳醇《ほうじゅん》になっていく」

言ってることは理解できるけれど。

「それは技術なの？　文章術っていうか」

「そういう場合もあるし、そうじゃない場合もある」

あやふやだな。

「正解がないってこと？」

そうなのよ、って姉さんは溜息をついた。

「正解がないから困ったり迷ったり、あるいは自分で正解をつくり出したりするの」

いつも迷って悩んでる。どうやって言葉を紡いでいけばいいのか。どうすれば頭の中にある世界を構築して、さらにそれを超えていけるのか。

完成形なんて、ない、って続けた。

「救いは締め切りがあるってことね。仕事を依頼された社会人として守らなきゃならない最低限のもの。その段階での精いっぱいのものを書く。それが今のところの正解ね」

「なるほど」

物語に完成形がないっていうのは、納得できた。時間があるならいくらでも修正できる。でもそれをやっていてはいつまでも物語は終わらないんだ。

現実とは違う。

物語は、終わらせなきゃならない。

「現実は、続いていくのよね」

生きている限り、って清香が言って溜息をついた。中庭が見える学食の窓際の席で、ふっ、と顔を巡らせながら。

「え?」

「え?」

何ですかその言い方、という顔をして僕を見る。

「いや、いきなりそんなアンニュイな台詞を吐かれたので、どうしたのかと」

「え？　は、ないんじゃない？」

「申し訳ない」

うん、と、清香は頷く。最近千葉が言っていたように清香と姉さんがどこか似ている、っていうのがわかってきたような気がする。認めたくはないけれど。

「物語のようなハッピーエンドをとりあえず現実で迎えるためには、努力をしなきゃならないってことよ」

「それはそうだね」

「あっという間に来年になって三年生になって、就職活動の準備を始めなきゃならないのよ」

確かにそうだ。まだ夏も終わっていないけれど、先輩たちの話ではそうなるみたいだ。ようやく三年生になってこれから専門的な勉強ばかりになるって思ったら、もう就職のことを考えなきゃならないって。

「帰ってこいって言われてるんだよね」

「そうなの」

清香のお父さんは島根県の地元でスーパーを経営している。大学を卒業して働きたいのなら家業を手伝えと言われている。もしも、自分で他にやりたい仕事があるのならば別なんだけど、それがまだ見つけられないと清香は足掻《あが》いているんだ。

「難しいよね。自分が何をしたいのか見つけるって」

「確かに」

僕もそうだ。何をしたいのか、どんな職業に就きたいのかなんて、全然わからない。高校時代の仲間や、大学に入って知り合った友人の中にはもうそれに向かって邁進《まいしん》している連中もいて、すごく羨ましいと思う。

二人で溜息をついた。そこは、二人でいつも話している。

将来何をするのか。

そして、清香には言っていないけれど、実はちょっとだけ焦ってもいる。付き合って一年になるけれど、相変わらず僕は清香が好きで、清香もたぶん好きでいてくれている。このまま付き合っていけば、卒業した段階で三年半も付き合うことになる。

それだけ付き合えば、結婚っていうのも考える。もちろんまだそんなのはまったく考えていないけれど、少なくともこのままずっと一緒にいたいって僕は思っている。

一緒にいるためには、自分の進む道をきちんと清香に示さなきゃならないんじゃないか。男として。

それで、少し焦ってはいるんだ。

「あ」

携帯が鳴った。見たら、千葉からだった。

「おう」

(すまん。今、いいか。講義の時間じゃないだろ。学校にいるのか?)

「そう。学食に清香といる」

(すまないが、助けてくれないか)

「助ける?」

誰を?

*

ケンタが、部屋を飛び出してしまったんだ。

「油断したんだ。懐《なつ》いてくれてたから大丈夫かなって」

ベランダの戸を開けていた。一階の千葉の部屋には小さな庭もあるんだ。庭って言えるほど広くはなくて、本当に畳一畳もないんだけど、庭は庭だ。土があって芝が植えてある。そこは猫が遊ぶのには最高のスペースだ。

「そろそろ出してみようかと思ってさ」

塀はもちろんある。でも、猫なら軽く跳び上がって登れる高さ。そこから外に降りてしまった。そして、あっ、と思ったらもう見えなくなっていた。

それが、今日の昼の一時頃。今はもう三時半過ぎ。

「近所を捜し回ってみたんだけど、見つからなくてさ」

あの千葉が、憔悴《しょうすい》していた。いや、そんな大げさではないけれど、明らかに弱っていた。こんなに困って疲れている千葉を見るのは二十年間で初めてだった。

「うん、うん」

清香がずっと携帯で話しながらメモを取っているのは、猫を飼っている友人に猫捜しの仕方を訊いているんだ。その友達は実家から通っていて、小さい頃から猫を飼っていて行方不明になった猫を何度も捜したことがあるって言っていた。

「わかった。ありがと。うん、報告する」

携帯を切って、清香が僕たちを見た。

「まず、二手に分かれるの。捜索チームと待機チーム。捜索チームは、キャリーバッグと大好きなおやつを持って。待機チームはベランダを開けて、そこに餌を置いて」

なるほど。理にかなったやり方だ。

「捜索チームは、飼い主の方がいいから千葉くんね。できればもう一人いた方がいいし、ケンタが慣れてる人の方がいいから朗人かな。私がここで待ってよう」

「それなら、部屋にも慣れてる人間がもう一人いた方がいいだろ。姉さんも呼ぼう」

「あぁ、いいかも」

いやしかし、って千葉が言った。

「執筆の邪魔をしちゃ悪いし」

「大丈夫だ。ケンタのためなら姉貴は飛んでくる」

その通りだった。姉さんは飛んでやってきた。なので、捜索チームは千葉と姉さん。

待機チームは僕と清香。

「張り紙もすぐに作った方がいいって。朗人、作れるよね？」

「任せとけ」

伊達《だて》にMacを長年扱ってない。

「でき上がったらすぐに電話してそっちに持ってくから。捜しながらチラシとして配れた方がいいだろ？」

その通りね、って清香が頷いた。

「すまんな」

千葉が言う。こんな表情の千葉は初めてだ。案外これが千葉の弱点なのかもしれない。

「心配するな。必ず見つかる」

慰めにしか過ぎないけど、それしか言えない。

七

千葉の部屋には立派なプリンターが、しかもコピー機能もついてる複合機があったので〈猫を捜しています〉っていう張り紙、チラシ作りには完璧な環境だった。

「どうして千葉くんはこんなプリンター持ってるんだろうね？」

「そうなんだよ」

僕も前に疑問に思ったけど、まぁどうでもいいことなので確かめてはいない。確かに課題なんかをプリントアウトしたりコピーするのには便利だけど、学校でプリントアウトはいくらでもできるから、強いて自分の部屋で使うプリンターを買う必要もないし、コピーはコンビニだってどこでもできる。

「何か目的はあるんだろうけどさ」

うん、って清香が頷く。そして常にベランダの方を気にしている。

猫捜しの達人だという清香の友達の話だと、ベランダの戸は開けておくのが正解だけど、むやみやたらに様子を見に行かない方がいいらしい。帰ってきて、自分で入ってくるのをひたすら待つ。ベランダに大好きなおやつを置いておくのも手だけれど、部屋の中で待っているのが飼い主ではないのなら、びっくりしておやつを口にしてまたすぐどこかへ行ってしまう可能性もあるとかで、今は置いてない。

清香がぐるりと部屋の中を見回して言う。

「千葉くんって、きっと大きな目標があるんだよね」

「大きな目標？」

清香がこくん、と頷いた。

「話し込んだことはないけど、そんな気がする」

よくわからない。そもそも千葉とそんな話はしたことがないし、そんなふうに感じたこともない。

「それは、どういう点で？」

ディスプレイから眼を離さないで、チラシを作りながら訊いた。清香が、うーん、って小さく唸った。

「千葉くんって飄々としてるってずっと思っていたんだけど、あれは何か違うところを見ているからそう感じるのかなって最近思った」

僕が姉さんと暮らすようになってから、そして千葉がこっちに引っ越してきてからよく会うようになって、当然清香も千葉と会うことが多くなった。それで、感じたって。

なるほどそれはどういう意味かなって思いながらもチラシを作る作業をしていたら、すぐに清香が声を上げた。

「あ」

「あ?」

ディスプレイから眼を離して、清香を見た。

「誤解しないでね」

「何を?」

「別に千葉くんのことが気になって観察してるわけじゃないからね」

「あぁ」

そういう「あ」か。僕が反応しなかったので、そんなふうに邪推《じゃすい》しているんじゃないかって思ったのか。

「ぜんっぜん気にしてなかった」

二人で笑った。

「それは、あれだろ。千葉じゃなくて、僕のことを気にしてたから、見てたんだろ?

僕が千葉に抱いていたトラウマとも言えない小さな傷のことで」

清香が頷いた。

「何ともないよ。そもそもそれだって、千葉と会っているときにはコロッと忘れてるんだから」

こうやって頻繁に会うようになってからは完璧に忘れていた。なんだかんだ言っても僕と千葉は幼馴染みだ。幼稚園小学校から大学までずっと同じ学校に通っている。

それはどういうことかというと、お互いの持っているものをほとんど知っているってことだ。

「持ってるもの？」

「環境、っていう意味でね。要するに空気が馴染んでいるんだよ僕と千葉は」

いつどこで会ったとしても、お互いに違和感なんか感じない。そこに一緒にいるのがあたりまえのように感じられる。そういう意味では、本当の意味で友達なんだろう。心が通じ合っている親友とまでは言えないけれど、その二、三歩手前ぐらい。会えば何も考えずに話ができるし、話をしないでぼーっとしていても互いに邪魔にはならない。

「で？」

なんとなくだけど、千葉とはそれぐらいの距離感がいちばんいいような気もしてる。

「え？」

「その違うところを見ているってどういう意味？」

あぁ、って清香が小さく頷く。

「一緒の大学に通っていても、皆それぞれ目的が違うでしょ？　そもそも目的もなく通っている人もいるし」

「そうだね」

「目的がない、っていうのも、積極的な意味合いと消極的な意味合いがあるでしょ？目的がなくても、それをいつも探している人と、ただダラダラ遊んでいる人とじゃ全然雰囲気が違う」

「うん」

確かにそうだ。良い悪いじゃなくて、同じゼミの中の人たちでもそういう雰囲気は出てくる。

「でも、千葉くんはそういうところを見てない気がする。それが何かはわかんないけど、極端なたとえだけど、『俺、大学を卒業したらカリブ海に行って漁師になるんだ』って思っているような。千葉くんの中では大学に通うことがそこに繋がっているって思っているような」

笑った。カリブ海で漁師。

「わかる」

そうだ。確かに千葉って、そんな感じだ。じゃあ何でお前大学にいるんだよって言いたくなるけど、全然わかんないけれど、千葉の中では大学に通うこととカリブ海が繋がっている感じ。

それが、違うところを見ているって感じか。大きな目標ってことか。なるほど。

「よし、できた」

ケンタの写真と、特徴と、逃げ出した時間と場所と連絡先。連絡先は千葉の携帯。

プリンターが音を立ててプリントアウトしてくる。それを見て確認して、清香と二人で頷いた。さっそく何枚か続けてプリントアウト。

「何枚ぐらいいるかな」

「とりあえず」

そう言いながら清香が部屋にあるコピー用紙を確認した。

「二十枚ぐらいしておけばいいんじゃない？」

「そうだな」

プリンターのインクは充分ある。カラーだから、ケンタの色合いも毛並みもしっかりわかる。

「じゃ、私がこれを持ってくね」

「うん」

携帯で千葉にメールした。持っていくから今どこにいる？〉

〈チラシができた。持っていくから今どこにいる？〉

すぐに返事が来る。

〈ぐるっと回って今部屋に向かってる。もう着くから待っててくれ〉

〈了解〉

「回ってきたって。今帰ってくる」

「じゃ、交代しよう」

諦めない。そして、疲れたら休む。それが猫捜しの鉄則なんだそうだ。いくら心配でも飼い主が疲れてしまっては、そして諦めてしまってはそれで終わり。気まぐれな猫は何ヶ月もしてひょいと帰ってくることもある。実際にそれはよくあることなんだそうだ。
二、三分もしないうちにドアの向こうで足音がして、ドアが開いた。小さく「ただいま」と聞こえた。

姉さんと千葉が一緒に部屋に入ってくる。こっちを見て、少しだけ疲れた顔つきで千葉が首を小さく横に振った。

姉さんも、心配そうな顔をしていた。

その様子に、一瞬僕はケンタのことを忘れた。

どうしてかわからないけど、何かを感じたんだ。今までに感じたことのなかった何か。それが何かわからないまま、わかりようもないまま二人は玄関から部屋に上がってきて、清香が手渡したチラシを見て、二人で頷いていた。

「いいね。サンキュ」

僕を見て千葉が力なく笑った。

「じゃ、これを持ってもう一回、そこら辺回ってくる」

「いや、交代しよう。僕と清香で捜してくるよ。休憩しろ」

姉さんが頷いて、千葉に「そうしましょう」って言った。その言葉はごくあたりまえの言葉で、この場で何の違和感も感じさせるはずのないものなんだけど、僕はまばたきをしてしまった。

何かを感じたときに、「うん？」って思ったときに自然に出てしまうような感じのまばたき。

でもやっぱりそれが何かわからないまま、チラシを持って清香と部屋を出た。ケンタのキャリーバッグと大好きなおやつも持って。

ご飯を食べないと人間はダメになる。よく聞く話だし、清香も言う。

結局六時を回って、だんだんと辺りが夜の気配になってきてもケンタは見つからなくて、そして帰ってこなかった。このまま夜になってもしばらくは捜し続けるけれど、何よりもまずご飯を食べようと清香が言った。食べないと人間がダメになるって。

その通りだと皆の意見が一致したので、千葉の部屋で清香は晩ご飯を作り始めた。僕は一緒に部屋で待機して、姉さんと千葉はまたぐるりと近所を捜しに出かけた。ご飯ができたら携帯で呼ぶ。

捜しているうちに、千葉のマンションの人たちが気づいて声を掛けてきてくれて、あちこちに連絡網を回してくれたんだ。あちこちっていうのは、この近所に住んでいる友人知人で猫好きな人たちに。そして、商売をやっている猫好きな人たちにも。

猫好きはただ歩いていても、自然と猫が眼に入ってくる。そして近所にどんな猫が歩き回っているかを把握している。〈猫を捜しています〉というチラシを貼ってくれるお店なんかも知っていたので、紹介してもらって貼った。

コミュニティだな、って感心した。千葉の学部でやっているのもそういう勉強だ。そもそもこのマンションに入ったのもいい研究材料になるって言っていたし。

一匹の、小さな存在の猫を捜すために大の大人が五人も六人も集まって、どうしたらいいかを考えて、心配してくれて。

(猫は偉大だな)

ひょっとしたらケンタはこの先の十何年間の生涯で、何十人も、ひょっとしたら百人ぐらいもの人間の心を慰め豊かにしてそして死んでいく。

たぶん、今の僕には何十人もの人間の心を摑むなんて無理だ。百パーセント無理だ。せいぜい清香だけだ。今のところは。たぶん摑んでいると思うけど。

そしてこの先の人生でどれだけの人と関わったとしてもその人の心を摑める自信はない。少なくとも僕が家出をしても、心配するのは家族と清香と、まぁ千葉もしてくれるかもしれないけど、それでも十人にも満たない。そもそも二十歳を過ぎた男が家出をしたところで誰も騒がないかもしれない。何をやってるんだって怒られるかもしれない。

「猫は偉大だ」

清香には聞こえないように小さい声で呟《つぶや》いた。クッションの上に座って壁に凭《もた》れてもう大分暗くなってきた外を、開け放ったベランダから眺めながら、そして清香が料理を作っているいろんな音を聞きながら、ぼんやり考えていた。さっき感じた違和感みたいなものはなんだったのかって。

でも、もうそれはすっかりおぼろげな、まるで煙草の煙みたいなものになってしまっていて、うーん、って唸ったところに、僕のその声に何かの音が被さってきた。

最初は清香の料理している何かの音かなって思ったんだけど、そのコンマ何秒後かに〈違う〉って脳は判断した。

人間の脳っていうのは、感覚っていうのはすごいと思う。絶対コンピュータは人間の脳には追いつけないと思う。

あれは、あの微かな物音は、猫の足音だ。

聞こえるはずのない猫の足音を僕は聞いた。きっとあれは塀を飛び越えて、庭に降り立ったときの足音だ。

ゆっくり頭を巡らせた。

小さな影が、ベランダのところにいる。清香に声を掛けようかどうか一瞬迷ったけど、ここで大きな声を出さない方がいいって判断した。そしてできるだけ自然なままでいることにした。

この部屋で、千葉と姉さんと三人で過ごしているときのように。ケンタがその辺を走り回るのを見ているときと同じようにして、待った。

ケンタは少し頭を動かして、そして眼を真ん丸くして部屋を見ている。じっと見たのは清香の後ろ姿かもしれない。

耳がぴくぴく動いているのは、フライパンで清香が何かを炒めている音を聞いているのかもしれない。どうか清香が失敗してフライパンを落としたりして大きな音を出しませんようにと願いながら、ケンタを横目で見ていた。

ケンタが部屋の中に入ってきた。入ってきたと思ったら急に走り出して、キッチンに向かった。

今だ！　って心の中で叫んで僕はオリンピックの短距離走の選手のスタートダッシュよろしく跳び上がってベランダに向かって、一歩半で辿り着いてベランダの戸を閉めた。

その音にびっくりしたらしくて清香がこっちを見て眼を丸くして、次の瞬間にその眼を足元に落としてまたさらに丸くして、そして笑顔になった。

「ケンタ！」

＊

千葉の部屋から戻ってきたら、九時を回っていた。

姉さんが小さな溜息をつきながら洗面所に行って、うがいをして手を洗う。一緒に住むようになってから知った、一人暮らしを始めてからの姉さんの習慣だ。とにかく一瞬でも外出して帰ってきたら、うがいをして手を洗う。風邪《かぜ》を引かないための最低限の予防法だそうだ。

物語を書くためには常に体調は一定じゃなきゃならない。少しでも怠《だる》かったり疲れていたりしたらそれはてきめんに文章に表れる。書けなくなってしまう。全ての時間を執筆のために使いたいので、体調面には特に気をつけている。毎日お風呂に入るのも、ストレッチをするのもそうだ。

姉さんの生活は物語を書くことを中心に回っている。作家なんだからそれがあたりまえだとは思うけれど、けっこうストイックだよなって思う。

「お湯入れるねー」

「うん」

お風呂場から戻ってきた姉さんが、ふぅ、とまた息を吐いて、ソファに座った。

「お疲れ様でした」

そう言って僕もソファに座った。

「うん」

にっこり笑う。

「とにかく良かったわ」

「そうだね」

千葉は、初めて見る顔で皆に頭を下げていた。本当に申し訳なかったって。もちろん僕たちはそんなのいいからって笑っていたんだけど。

猫を飼っている人の話によると、こんなふうに数時間で帰ってくるのは本当に運が良かったらしい。

「千葉があんなふうに感情を見せるのは初めてだったな」

「そうなの？」

姉さんが首を少し傾げた。

「そんなに深い付き合いっていうか、こういう出来事とかはなかったからね。今まで」

「そうだっけ？」

「そうだよ」

言うと、姉さんは少し笑った。

「そうでもないと思っていた」

「どうして？」

だって、ってまた小さく笑う。

「よく二人で行動していたから。虫捕りに行ったり、ゲームをしたり、アニメを観たり。私今でも忘れないわよ二人の背中」

「背中？」

そう、って頷く。

「二人でテレビの前に座ってゲームのコントローラー握って、同じ動きをしてるの。それを後ろから見て、こいつら仲良いなーって」

「昔の話じゃん」

確かにそんなふうに過ごしてはいたけれど。

「中学高校とそんなに付き合いはなかったからね」

「どうしてだろうね」

「どうして？」

姉さんは、優しく笑う。

「あんなに仲良く遊んでいたのに、中学に入ったらぱったり遊ばなくなっちゃったのは」

どうしてと言われても困るけれど。

「クラスも部活も違ったからじゃないかな？　そんなもんでしょ」

そんなもんだ。中学生になれば友達は変わる。同じクラスに、あるいは同じ部活に入った仲間と過ごす時間が増える。っていうかほとんどそれだけになる。いくら近所の幼馴染みでも会わなくなる。

「確かにそうね」

姉さんが何か言いたそうだなって思ったので、何も言わないで待った。長年弟をやってるとそういう雰囲気もわかるようになる。

「この間、言ってたわ千葉くん」

「何を？」

姉さんはその場の状況に応じて〈千葉くん〉と〈大貴くん〉〈大貴〉って呼び方を使い分ける。

「朗人に申し訳ないことをしたのを、まだ悔やんでるって」

「悔やんでる？」

何だそれは。

「中学校のときだって。足を挫《くじ》いてしばらく部活できなかったでしょ」

「うん」

そうだ。僕はバスケ部に入った。その頃からもう僕は背が高くて、バスケ部の二年生三年生の先輩を含めても大きい方だった。だから、ものすごく期待された。運動神経は並だったけど、バスケは背が高いことはかなりアドバンテージになる。

でも、入部して一ヶ月で右足首を挫いてしまったんだ。それもかなり重傷で、結局動けるようになるまで二ヶ月も掛かってしまった。その間は、部活を休むのもイヤなので、毎日体育館の壁際に座って、ひたすらボール磨きやスコア付けや、マネージャー的なことをやっていた。

「一人で体育館で淋《さび》しそうにボールを磨いている朗人に気づいていたんだって。何度も眼が合った。でも、声を掛けられなかったって」

「あぁ」

そうだ。千葉は卓球部だった。卓球部とバスケ部は第一体育館の真ん中にネットを張って半分ずつ使っていた。うちの中学校は卓球部が伝統的に強くて、何台も卓球台を置いて、すごい人数の部員がいた。

千葉も、その中の一人だった。

「そういえば、よく眼が合ってた」

「そうでしょ？　でも千葉くんも新入部員だったし、クラスも違ったし帰る時間も違って、力づけてやれなかったって」

「そんなこと思ってたの？　あいつ」

「だって」

姉さんが笑った。

「そのときの朗人の眼は、捨てられた子犬みたいな眼だったって。そういう眼でこっちを見るので何とか元気づけてやりたかったけど、できなかったって」

「そんなの」

そうだったのかな、って思った。

全然忘れていたけど、今、そのときのことを、その頃の自分を思い出した。そうだった。体育館の壁際に片足を伸ばして座って、バスケのボールの弾む音やバッシュの床を擦《こす》る音、皆の掛け声。そして卓球部のコン、コン、コンという刻むような音、足を踏み込むバン！　っていう音。

そういうものが響き合う体育館の中で一人ただ座っていた時間。僕は千葉の姿をなんとなく追ったことが何度もあった。そうして、眼が合ったら軽く頷いたり、ときには軽く手を動かしたりした。

それは別に千葉に何かを求めたわけじゃなくて、ただ、なんとなくだ。バスケ部と卓球部が練習をしている体育館の中で、よく知っている同じ一年生は千葉しかいなかったというだけだった。だからじゃないかって思う。

でも、ひょっとしたらそんな眼をしていたんだろうか。わからないけど。

結局僕は、レギュラーにはなれなかった。足首は古傷になって無理すると痛みがぶり返すようになってしまった。今では、日常生活には何の支障もないし走り回ったり跳んだりすることもできるけれど、たとえば何時間も歩き回ったりすると足首が凝り固まったようになり痛むことがある。そのせいで高校ではバスケ部を選ばないで美術部に入った。実は絵を描くことには全然興味はなかったんだけど、中学の美術の時間にやたら先生に褒められたからだ。竹内は絵を描けるぞ、なんて言われていたから。

「そんなこと、姉さんに言ったの？」

うん、って姉さんは頷いた。

「いつ？」

「いつだったかな。忘れたけどこの間。最近」

それでね、って続けた。

「別にそれをずっと引き摺ってたわけじゃないけれど、たまに思い出すことがあるんだって。もちろん朗人は何とも思っていないってわかってるけどって」

「そうだね」

全然何とも思っていない。

「でも、ちょっと嬉しいでしょ？　嬉しくない？　友達がそんなふうに思っていてくれたのかって」

「そう、だね」

嬉しいか嬉しくないかで考えたら、嬉しいかもしれない。

「でもどっちかっていうと、びっくりしたかな」

「びっくり？」

「千葉がそんなことを考える男とは思ってなかったから」

姉さんは微笑んでいる。

「千葉くん、人一倍優しい男の子だよ」

「そうかなぁ。優しい？」

冷たくはないけれど、そんなに優しくもないと思うけど。

「たぶん、私は二人のことを見てきたから、わかるんだね。いや、もちろんそんなに小さい頃から観察していたわけじゃないけど」

姉として、弟といちばん仲良しの男の子である千葉のことは気に掛けていたって言う。

「そうなのか」

「そうよ。だって私は弟に優しい姉さんだもん。弟をいじめる奴がいたらとっちめてやるって考えてたのよ」

「そういうことにしておこう」

でもまぁ、振り返れば確かに姉さんは優しかったんだと思う。

「そのとき、あの話もしてた。千葉くん」

「あの話？」

「高校のときの話。女の子に告白されたときの話」

そうか。覚えてたのか、っていうか覚えてるよな。まだほんの三、四年前の話。

「何て言ってた？」

八

「すっごく、とんでもなく困ったって」

「困っていたのか」

とてもそうは見えなかった。あのときのことをまた思い返してみる。何だかついこの間も清香に言われて思い出していたんだけど。

ほんの数年前のことだから細かいことまで覚えてはいるけれども、何だか思い返す度に少しずつ輪郭がぼけていくような気がするのはどうしてなんだろうって思う。反対に、最近はもっと小さいときのこと、それこそ、千葉と一緒に遊んでいた小学生のときのことは、どんどんクリアに思い出せるようになってきた。これは、年寄りのあれなんだろうか。昨日食べたご飯は忘れても、うん十年前のことをよく覚えているってのと同じようなもの。

「いつも通りに飄々としているように見えたけどね」

「感情が顔に出ないタイプなんじゃない？　そして地顔がいかにもそういう顔なのよ大貴くんは。ときには人を食ったような、からかうような、あるいはふてぶてしい」

「いつでも堂々としているようにも見えるしね」

「そうね」

二人で少し笑った。地顔でそう見えるっていうのは、いろんな意味で相当に得をしているかもしれない。

そう言ったら、姉さんは首を少し振った。

「本人はけっこう気にしていたわよ。朗人みたいにどこか神経質そうな、それでいて柴犬《しばいぬ》みたいな愛嬌のある顔はいいなって」

「柴犬かよ」

そして気にしていたのかそんなこと。それを微塵《みじん》も感じさせていないっていうのが、改めてすごいな。

「私は詳しくは聞いてないんだけど」

姉さんがくすりと笑う。

「朗人、その女の子のこと好きですオーラが出ていたんだって？」

「マジで？」

「大貴くんはそう言ってたよ。だから、クラスは別だったけどあぁあれが彼女になるのかなって思っていたって」

本当なのか。本当にそんなオーラを僕は出していたのか。

「出しているつもりはまったくなかったんだけど」

「とんでもないって。クラス全員はもちろん、クラスが違う俺にまでわかったんだから相当だって言ってた」

それこそとんでもない。マジか。

「何か顔が赤くなってきたような気がする」

「赤いよ弟よ」

これは、恥ずかしい。

「僕ってそんなに正直な男の子だったのかな。自分では、彼女の前では平静を保っていたつもりだったんだけど」

姉さんが、うん、って頷いた。

「正直っていうか、朗人はそういうところあると思うな」

「そうなの？」

「好き好きオーラっていうか、男女の区別なく好ましいと思った人には垣根を取っ払う感じがある。その反対に、あまり好ましくない人にはしっかり腰までの垣根を立てて、結界《けっかい》を張るみたいな」

「なるほど」

言われてみればそうかもしれないって思う。

「名前は？」

一瞬躊躇《ちゅうちょ》したけど、もうこんなところで隠したってしょうがない。

「大西実可子《おおにしみかこ》さん」

「ほー」

にやりと笑う。

「ちょっと待て」

そう言って自分の部屋に行って戻ってきた姉さんの手には見たことのあるアルバムがあった。いやそれこそちょっと待て。

「何で僕の卒業アルバムがあなたの部屋にあるんですか」

「だって、名前のいい参考資料になるんだもん。登場人物の」

「だもんじゃないでしょう。いくら姉でも弟のものを勝手に」

「卒業アルバムに見られて困るものがあるの？」

それは。

「ないよ」

「じゃあいいじゃない。そもそもが誰に見られてもいいように、むしろ家族とかに見せるのに作るのが卒業アルバムじゃないの」

言いながらもう僕のクラスのページを開いている。

「あぁ、この子」

「そうですよ」

にこにこしながら、うん、って頷いただけで何も言わなかった。

「ノーコメント?」

「いや、だって。どうにもならなかった女の子について何か感想を言ってもしょうがないでしょう」

まぁそれはそうだね。

「そう、それで、この子をあなたが連れてきたときにはもうどうしたらいいのかって一生に一度ぐらいの勢いで頭の中でぐるぐる考えていたって。朗人が大西さんを好きなのは一目瞭然なのに、どんな台詞を吐けばいいのかって」

「もし千葉の立場だったら僕も混乱するね」

「でしょう? 親友の好きな女の子が自分に告白するのよ? これはとても、うんいいよ、とは言えないわよね」

「え」

「なにが、え、よ」

「千葉にその気はあったの？　コクられてオッケーしてもいいって」

あぁ、って姉さんは笑った。

「もし連れてきたのが朗人じゃなかったら、一度ぐらいは付き合ってみてもいいかな、ぐらいの気持ちはあったって。可愛い子じゃない大西実可子ちゃん」

そうだったのか。その気はあったのか。

「じゃあ、僕のために千葉は断ったのか」

「自分のため？」

「自分のためじゃないの？」

そうよ、って続けた。

「千葉くんは朗人と幼馴染みの親友のつもりだったんだもの。その関係は絶対に壊したくなかった。だから、断った。まぁ彼女を作るより親友を作る方が難しいからね」

「確かに」

彼女を作るのも難しいかもしれないけれど、彼女は一瞬でできる。でも、親友はそうはいかない。そもそも親友の定義をどうするかって問題はあるけれども。

「でも、これでしばらくの間は朗人が離れていくかなって考えていたって」

「そうか」

そんなふうに考えていたのか。

そして、姉さんにそういうことを話したのか。まぁ僕に直接言うよりは、姉さんに話す方が話しやすい内容かもしれない。

姉さんは、静かに微笑んだ。

「もし、その件がいまだに引っ掛かっているんなら、もういい加減に時効じゃないの？　別に大貴くんが悪いわけじゃないんだから」

「引っ掛かってはいないよ」

少なくとも、今は。

＊

姉さんが作家になってしまったせいで、いろいろと見るものが増えたりしている。

書評のサイトっていうか、どんな本を読んだか、なんていうのを集めたサイトなんかもそうだ。本当にいろいろなものがあって、皆随分たくさん本を読んでいるんだなーって感心する。もちろんマンガも含めての話なんだけど。

そういうところの、大手のサイトを見ると、姉さんはまだまだ人気作家じゃないんだなっていうのも痛感する。寄せられた少なめの感想はほとんどが好意的なもので、姉さんは好かれる物語を書くんだなっていうのはわかるけれど、残念ながらまだその人数は人気のある人に比べると圧倒的に少ない。

でも、評価は高いし、こうやって一人で、いや今は僕と一緒だけど、暮らしていけるだけの収入もある。

普通の職業に就こうとしている僕なんかから見るとそれで充分なんだろうなと思ってしまうけれど、違うんだろうなって考える。

何かを創り出して生きている人は見ているところが違う。感じるところが違う。むしろ食えているから充分、なんて考えること自体がベクトルが違うんじゃないかって思う。それがどう違うのかは僕は説明できないけれど。

気になった感想も多い。

どうも小説を読む人は〈偶然〉というものが嫌いみたいだ。偶然というものが物語の中に多過ぎると、それはないだろう、と怒ってしまうみたいだ。姉さんの本の感想にもそういうのがあって、まぁ確かに〈作られた物語〉に〈作られた偶然〉が多過ぎると興醒《きょうざ》めしちゃうよな、とは思う。言われてみれば〈竹内美笑〉の書いた物語の中には偶然と言えるような流れが多少多いのかもしれない。

でも、世の中って本当に偶然で成り立っているよなって思う瞬間は、こうやって普通に生きていてもたくさんあるような気がする。

それとも僕がそういうのを呼び寄せる性質《たち》なんだろうか。

「本当に偶然ですよね」

姉さんの担当編集者である橋本みおさんがそう言って、僕の前で笑顔を見せている。

偶然もいいところだ。

土曜日に清香と映画を観ようって話していて有楽町の映画館の前で待ち合わせを決めていたのに、朝になって清香のお父さんが事故に遭ったっていう連絡があった。

(大したことはないの)

電話口で清香が言った。本当に普通に冷静というか、いつもの通りの声だったので僕も安心したんだけど。

(自転車に乗っていたら曲がり角で車に軽く接触しそうになって、倒れちゃったらしいんだ)

それで、左足を骨折してしまった。命に別条がないどころかすぐにも退院はできるんだけれど、そう連絡があったのに、そして週末で講義がないのに、彼氏と映画を観に行くわけにもいかないって言う。

「それはもちろんそうだよ」

そう思う。松江市まで帰るのは確かにけっこう時間もお金も掛かるけれど、週末で行って帰ってこられないわけじゃないんだ。むしろ、そういうふうに考える彼女がいいと思う。これで平気な顔をして映画を観に来たら逆に心配になってしまう。

なので、姉さんを誘って行こうかと思ったけど締め切りがマズイらしい。千葉を誘うわけにもいかない。男同士で映画を観に行く趣味はないので、仕方なく一人で出かけた映画館で、ばったり会ってしまったんだ。姉さんの担当編集の橋本みおさんに。

担当作家の弟さんに、しかもちょっと前にご一緒したばかりなのに、ばったり会ってしまって、それじゃあまた、ってわけにもいかないと言われてお茶でもと誘われた。

「恥ずかしいです」

スタバで向かい合って座ったみおさんが本当に恥ずかしそうな顔をした。恥ずかしいっていうのは、担当の先生が四苦八苦しているというのに、その弟さんにばったり映画館で会ってしまうというのはってこと。

「でも今日は休日なのに、関係ないでしょう」

そう思うからそう言った。編集者は、基本は出版社に勤めるサラリーマンだ。休日は休日として過ごす権利がある。みおさんは、苦笑した。

「そう考えない人もいます。編集者にも、作家さんにも」

みおさんは大学を卒業してすぐ出版社に就職して、そのまま希望の文芸書編集の部署に配属された。今年で五年目なので、姉さんより二つ上。ほとんど同世代だ。

「作家が毎日毎日原稿を書いているんだから、編集者は常にそれに対してスタンバイしていなければならない、なんて考える作家さんは意外と多いようですよ」

「そうなんですか？」

理不尽な話だけど。

「でも、それは少し以前の時代の、あるいは、ちょっと言葉があれですけど、お年を召した作家さんとかに多いようです。最近の方は、そんなふうには考えません。むしろ私たちが深夜にメールなどすると『早く休んでください』って言ってくださる作家さんも多いです」

「それって、ひょっとして姉さんとかですか」

竹内先生もそうですね、ってみおさんは笑った。

「ありがたいです」

この間も思ったけれど、みおさんは童顔だ。僕みたいな年下に童顔だって思われるのは心外かもしれないけれど、下手したら高校生でも通用するんじゃないかってぐらいだ。その童顔でにこにこして、本当にありがたいって言う。

「じゃあ、姉さんはとても扱いやすい作家なんですね」

そう訊いたら、ちょっと首を傾げた。

「私なんかがそんなふうに言うのは失礼です。でも、人間としても素晴らしい作家さんであると思います」

人間として。

ちょっとびっくりした。

「年下なのに？」

「年齢は関係ありませんよ。竹内美笑さんはとてもしっかりとした考え方を持って生きている素晴らしい女性だと思います。見習いたいぐらいに」

「そうですかぁ？」

思わずそう言ったら、笑われた。

「それは、朗人さんが弟さんだから、わからないんですよ」

まぁそうなのかもしれないけれど、素晴らしいは言い過ぎのような気もするけど。

みおさんは、ちょっとだけ首を横に振って、微笑んだ。

「本当ですよ。私はそう思っています」

その言い方に、ほんの少し、何かを感じた。それが何かはわからないけれど、みおさんは僕が思っているよりずっと姉さんのことをたくさん知っているのかもしれない。

「でも、姉さんの担当になったばかりですよね？」

そんな質問をしてみたら、小さく頷いた。

「担当になったのはついこの間ですけれど、それ以前からもう何年も前の担当と一緒にお仕事はさせてもらっていたんですよ。ずっと作品は読んでいました。大好きでした」

まるで作品を読めば、その人がどういう人かわかるみたいに言う。

スタバは、いつどこで入っても賑やかだ。騒《ざわ》めきが常に店の中を満たしていて、そこに音楽も流れている。だから、自分たちの会話が自分たちの周りにしか聞こえていないっていう気になってくる。

「姉さんの、素晴らしいところってどんなところですか？」

みおさんが、少しだけ首を傾げた。

「どうしましょうか。どう言ったらいいですかね」

「いや、率直なところを言ってもらえると」

でも、って微笑んだ。

「弟さんには知られたくない部分かもしれません」

知られたくない？

「でも、良いところなんですよね？　長所は誰に知られてもいいんじゃないですか？」

「長所というか」

みおさんは困ったように笑った。

「女である私は素晴らしいと感じても、男である朗人さんはピンと来ないかもしれませんよね？　たとえば、男性に対しての考え方とか」

男性に対しての考え方ってことは。

「それは、愛とか恋とかそういうものについての話ですか？」

こくん、ってみおさんは頷いた。

「そう取ってもらってもけっこうですね」

これはぜひ聞かせてもらわなきゃならない。何せ僕は両親からミッションを受けている。姉さんには恋人がいないのか、彼氏を作る気はないのか、結婚はしないのか云々《うんぬん》。もしも男性に興味がないのなら、それも。

「じゃ、姉さんがどんな人と付き合っているのかとか、そういうことも知ってますよね？」

　みおさんは、首を横に振った。

「知りませんよ」

「いや、それは嘘ですよね」

「どうしてですか？」

「だって、どんな人と付き合ってるかを、あるいは付き合ってきたかを知らないと、愛とか恋の話なんかできないでしょう。したとしてもそれは上っ面というか、言葉だけの話し合いになって実感とか湧かないでしょう。それで、男性に対しての考え方が素晴らしい女性なんて感じ方をするのは無理でしょう」

　みおさんが、ちょっと眼を大きくさせて、カフェラテを飲んだ。

「やっぱり朗人さん、編集なんかの仕事が向いているかもしれませんね」

　それこそ、どうしてですか、だ。

「だって、言葉の捉え方というものがしっかりしています。そして実に的確です。まだ若いのに」

みおさんもそう思うのか。僕としては普通だと思っているんだけど、褒められたのだから素直にお礼を言っておく。

「それはさておき、姉さんの恋の相手ですよ」

みおさんはまた苦笑する。

「どうしてそんなにお姉さんの相手を知りたいんですか。むしろ仲の良い弟としてはあまり知りたくないことでは？」

「実はまぁ、正直なところではどうでもいいとは思っているんですけれど、こちらもいろいろ事情がありまして、できれば知りたいなと」

どうでしょうね、ってみおさんはまた笑った。

＊

いくら偶然でそして姉の担当編集とはいえ、若い女性とデートのようにお喋りしたことを黙っているのもどうなのかと思って、翌日に帰ってきた清香に、清香の部屋に遊びに行って伝えた。後々に知られてどうして黙っていたのかと勘ぐられても困るし。

そうしたら、清香はもちろん怒りもせず、何で？　と思うぐらいに実に興味深い、という顔つきになってしばらく何かを考えていた。

「結局、教えてくれなかったのね」

清香が言った。

「くれなかったね」

粘ってみたんだけど、先生が教えていないのに私が教えるわけにはいかないとずっと言い続けて。

「さすが編集者ね」

「さすが、っていうのは？」

清香が大きく頷いた。

「作家の不利益になりそうなことは極力排除するのよ。とにかく編集者さんは作家が良い状態でいることだけを願うものだし、そうするの」

「それはまぁわかるけど」

「前にね」

「うん」

「吉永《よしなが》さんのトークショーに行ったことがあるの」

「あぁ」

作家の吉永晴海《はるみ》さんだ。女性みたいな名前だけど男性で、確かもう五十代ぐらいの人。デビューの頃はハードボイルドな話をたくさん書いていたけれど、最近は時代小説が多いみたいだ。直木賞を取った有名なのは読んだけど、それ以外はわからない。

「そのときに、吉永さんが言ってた。『編集者というのはとんでもなくありがたい存在なんだ』って。どうしてかって言うとね」

「うん」

「サイン会をしていたときに、どこか怪しげな雰囲気の中年男性が来たんですって。もちろん中年男性のファンもいるんだけれど、その人はあまりサインを欲しがるようなタイプには見えなかったし、どこか挙動不審なところもあったって」

なるほど。

「もちろん吉永さんも気づいていたけれど、作家としてはわざわざサイン会にまで来てくれたファンなんだから愛想よく一言二言会話して、そして買ってくれた本に感謝を込めてサインをしなきゃならない。それで吉永先生は下を向いて自分の本にサインをしていたんだけど、そのときに、ふっ、と何か違和感を感じたんだって。座ってサインをしている自分の隣に立って、ファンの人に一緒に頭を下げたり、いろいろお手伝いをしている担当編集の気配に」

「違和感？」

「そう。それで、ちらっと横目で見たら、女性編集者だったんだけど、思いっきり力を込めて拳を握っていたんだって。震えるぐらいに」

拳を。

「結局その中年男性は何をするでもなく、素直に帰っていったんだけど、吉永さん後で担当編集さんに訊いたんだって。何であんなに握り拳だったのかって。そしたらね『もし、あの人が先生に危害を加えようとしたなら飛びかかって殴る気でした』って言ったんだって。か弱い女性編集者なのに、自分が楯《たて》になってでも先生を守る気だったんだって」

それは。

「つまり、吉永さんが、これから書くであろう素晴らしい原稿を守るために、だね？」

「そう！」

清香が力を込めた。

「作家本人じゃないのよ。もちろん作家本人がいなきゃ原稿ができ上がらないから結果的には本人を守るんだけど、編集さんはとにかくその原稿、玉稿《ぎょっこう》って言葉があるけれど、まさしく磨き上げた玉のように美しい原稿のためには命をも投げ出す覚悟があることを言いたかったのね。だから」

「橋本さんもそうだって言いたいわけね。姉さんが僕にその手のことを何も話していない、ってことは自分が話してしまったらそれは姉さんの不利益になるからってことで」

「その通り」

そう言って、自分の言葉に頷いた。

「その橋本さんも、朗人のことを編集に向いてるって言ったのね」

「編集なんか、だよ。言葉の捉え方を知ってるとか何とか褒められた。わかる?」

うーん、って清香は首を捻った。

「小説、あまり読んでないしね」

「読んでないね。読んでる量で決まるんなら清香の方がよっぽど向いてる」

「そういうことじゃないんだろうね。皆さんが言ってるのは。でも、覚えておいた方がいいと思うな。自分じゃわからないことを、他の人が感じてるってことなんだから」

それは確かにそうかもしれない。他人からの評価っていうのは、自分じゃ気づかないことだってある。

「そしてね」

そしてね、って二回繰り返した。繰り返してまた考え込んでしまった。

「どうしたの?」

待って、って感じで僕に向かって右掌《てのひら》を広げて見せた。

「うーん」

「何が、うーん」

清香が、眼を細めて僕を見て、しかも唇を真一文字にした。

「朗人」

「はい」

「私は何か、重大なことに気づいたかもしれない」

「どんなことでしょうか」

「ショックを受けないでね。あくまでも仮説だから」

仮説とはなんだ。

「お姉さんの恋の相手、もしくは愛を捧《ささ》げている相手って、千葉くんなんじゃないかって」

「え?」

千葉?

九

「千葉？」

思わず名前を繰り返したら、こくん、と、清香は僕を見たまま頷いた。

「千葉？」

もう一度訊いてしまった。

きっと僕は今バカみたいな顔をして訊いたなぁって自分で思ってしまった。清香は真面目な、でもちょっと困ったような雰囲気の地顔をさらに困ってしまった表情にしてまた大きく頷いた。

「千葉と、姉さんが付き合っているってこと？」

「あくまでも仮説、というかそんな気がしたというだけだからね？」

「うん」

あんまりにも清香が、ゆっくりと噛《か》んで含めるような言い方をするものだから、僕も大丈夫わかってるよ、という意味合いを込めてゆっくり頷いた。

「気に障るようなら、冗談にしてもらってもいいんだけど」

今度はおずおずと済まなそうな雰囲気を醸し出しながら清香が言う。

「いや」

右掌を軽く清香に向かって広げて、少し考えた。

姉さんの恋の相手が、千葉。

考えたこともなかった。

けど。

「別に冗談にしなくてもいいけど、どうしてそんな気がしたの？」

「深く考えなくてもいいよ？　気に障ったんなら」

「いや、全然大丈夫」

気に障るも何も、そんなのでショックを受けたりはしない。そもそも姉の恋の相手が誰であろうと、姉の恋愛話で何かしらのショックを受けるほどシスコンではない、と、思っている。

「実は僕もちょっと思い出したことがあるんだけど、それは後回しにして、どうしてそんなふうに思ったのか聞かせてよ」

うん、と、清香は頷いた。

「そもそも千葉くんが、朗人とお姉さんが住んでいるマンションの近くに引っ越したって聞いたときに『あれ？』ってちょっと思ったの」

「どういう、『あれ？』なの」

うーん、って少し首を傾げた。

「千葉くんって、自分のカンというか、思うままに行動するところがあるでしょ？ そういう人でしょう。何も迷いなく動くっていうか」

「あぁ」

そうだ。本人にはそんなつもりはないんだろうけど、傍から見てるとそんな感じがする。あくまでも我が道を行く、って雰囲気だ。

「でも、実はちゃんと周りに気を遣ってる。朗人に対してもそうだった。いつも朗人に気遣って声を掛けてきたり、必要以上に親しく接してこなかったりして」

「それは、本人が前に言ってたって教えたよね。姉さんの小説のファンだったからって」

そう、そう言ってた。幼馴染みでもある姉さん。その弟である僕。

「清香と同じだよね。自分から僕のそばに近づいていったら姉さんとも必然的に会うようになってしまって、それは何となく違うって感じたからあまり連絡しなかったって本人が言ってたって」

「それは聞いた。でもそれなのに、いきなり近くに引っ越したんでしょ？」

あ、と、口が開いてしまった。

その僕の顔を見て、でしょ？　っていう表情をしながら清香が頷いた。

「いくら突発的に、ケンタを飼うためにマンションを探したって言っても東京にはそういうところがたくさんあるもの。わざわざお姉さんのマンションの近くを選ぶ必要はないし、もし偶然あそこを見つけたとしても、近くにはお姉さんも朗人もいるんだし、ここはやめておくかって千葉くんなら思うんじゃないかな」

「確かに」

だから、って清香は続けた。

「偶然じゃないんじゃないかって思った。千葉くんは朗人がお姉さんと一緒に暮らし始めたことを知っていたんだし、住所もわかっていたんでしょ？」

その通りだ。

「それは、教えた」

実際の住所は教えていなかったけど、最寄りの駅は江戸川橋駅で、近くには商店街もあって、駅からゆっくり歩いて十分も掛からないって話をした。「そうか、今度遊びに行くよ」「おう」っていうほとんど社交辞令だなって、そのときはそう思ってしまった会話もした。

そしてそれだけわかれば、大体の住所は調べられるし、今の千葉のマンションだって最寄り駅が江戸川橋駅なんだから、あぁこれは、ってすぐに気づくはず。そんなことを忘れるような男じゃない。

「千葉が、僕が姉さんのマンションに引っ越したってことを忘れるはずないよな」

「そうよ」

思い出す。僕と姉さんが買い物をしているときに、千葉から電話が掛かってきて、後ろを見ろよ、って。そしてそこに千葉がいたんだ。

「千葉だったら、もし姉さんに会わないように気を遣っていたんだったら、そういえばこの辺には僕と姉さんが住んでいるんだって思い出すよね」

「そう思うわ」

「そしたら、引っ越す前に、あるいは引っ越してすぐに連絡ぐらいくれるよな。近くに来たからそのうちに会うかもな、とか言ってくるよね。大学で会ったときにでも」

もう一度、そう思うわ、って繰り返して清香が頷いた。

「いや、でも、あれ？」

それは、どういうことだ？

「ちょっと待って混乱した。姉さんと千葉が付き合っているんだとしたら、え？　引っ越してきてからってこと？」

清香が、じっと僕を見て静かに首を横に振った。

「順序が違うでしょ。その前からよ」

「その前」

「いつからなんて私にはわからないけれど、少なくともお姉さんが朗人に一緒に住もうって言い出す前から」

待ってくれ。

「ってことはさ」

「うん」

「ひょっとしてそれは」

清香が僕を見ていた。

「二人は前から付き合っていて、それを僕に今まで隠していた？」

「そういうことね」

そして。

「姉さんが僕と一緒に住もうって言ったのも、ひょっとしたら、僕と千葉をこうやって引き合わせるというか」

「仲直りさせるというか」

そう言って一度言葉を切って、清香は少し考えて言った。

「お姉さんは、千葉くんと朗人が微妙な関係になっているのを知っていた。もちろんそれは千葉くんが教えていた。だから、朗人と千葉くんの仲を修復してから、きちんと付き合っていることを言おうと思ってそうしたんじゃないかな」

うわぁ、と、思わず言いそうになって口を閉じた。まるで自分が小説の中の登場人物になった気がした。

姉の、姉とその恋人の計画を、何も知らずにただ掌の上で転がされている情けない登場人物。

「でもね」

でもね、って清香が二回繰り返した。

「ちょっと待ってね。あまり変な方向に考えないでね。もし、もしもこの考えが当たっているとしても、お姉さんも千葉くんも決して朗人くんを騙《だま》そうとしたってことじゃないと思うの。これはあくまでも」

「わかってるわかってる」

慌てていた。

こんな感情は人生で初めてかもしれない。慌てているのに、それを冷静に眺めているもう一人の自分もいる。だから、慌てながらも清香に向かってちょっと待ってと掌を広げることもできた。

「そんな、度量の狭いというか卑屈というか、変な考え方はしないよ」

整理した。頭の中で言葉を組み立てる。推理だ。

「姉さんは、僕のまったく知らないどこかの段階で、それはつまり僕が高校時代かあるいは大学に入ってから、千葉と改めて出会ったんだ。それは、近所の幼馴染みで弟の同級生という意味合いじゃなくて、男と女として」

そうね、って清香は言う。

「あくまでも仮説としてね」

「そう、仮説として」

間違っていたら笑い話にすればいいだけの話だ。

「何があったのかはまったくわからないし僕にはちょっと理解し兼ねるけれど、二人は恋に落ちてしまった。何かそこに姉さんと千葉を当て嵌《は》めるのは照れるというか、しっくりこないけれど」

「だからじゃない？　二人が隠していたのも」

そうだろう、と思える。

「付き合っていたんだ。僕に隠していたのも、高校時代の僕と千葉のあの一件があったからだろうし、そもそも姉さんには五歳も下の弟の同級生と付き合ってしまったっていう引け目というか、何というか、上手い表現が見つからないけど、そういうのはあるよね？」

清香は頷いた。

「そんなのを感じる必要は全然ないとは思うんだけど、もし、私が今、五歳下の高校生の男の子と付き合い出したらそんなふうに感じると思う。これはひょっとしたらちょっとまずいんじゃないかって」

「だよね」

それは男である僕だって同じだ。五歳下といえばまだ十五歳。そんな年齢の女の子を好きになって付き合い出したら、ちょっと焦る。それが二十五歳と二十歳だったら何とも思わないんだろうけど。

「五歳か」

呟いてしまった。そして頭の中にある記憶をフル回転させていた。

五歳上の姉さんがこのマンションで一人暮らしを始めたのは、姉さんが二十一歳の夏だ。そして僕は高校一年だった。大西実可子さんに間接的にフラれたのは高校二年のときだ。あれは、夏休みの後だった。

高校生の頃、姉さんと千葉は会っていただろうか？　少なくとも僕はその現場をまったく目撃していないし、話も聞いていない。そもそも高校時代に千葉とはまともに話をしたこともない。お互いに部活に忙しかった。登下校のときに会って、何でもないことを話したことは何度もあるけれど。

あの頃から、ひょっとしたら姉さんと千葉は付き合っていたんだろうか。

「だとしたら」

「だとしたら？」

なんか。

「千葉を尊敬するな」

清香が笑った。

「尊敬？」

「だって、高校生の頃に五歳上の女性と付き合うなんてスゴイと思わないか？」

笑いながら清香が軽く首を振った。

「そんなふうに考えるのかな、男の人は。私はスゴイ、なんていう感覚はないけれども」

ないのか。

「とにかく、姉さんも千葉も僕にはそれを言えなかった。でも、このまま黙って交際しているのはそれこそ気が引けるし、悪いことをしているわけじゃないんだから隠すのも変だ」

「かといって、千葉くんは朗人の思い人を眼の前で振ってしまったっていう負い目みたいなのがあったから」

ようやく慌てた自分がどこかに行って、冷静に眺めている自分と一体化した感じになってきた。

「ちょっと、コーヒー飲もうか」

「ホット？　アイス？」

「ホットで」

クーラーの効いた部屋で飲むんだったらホットがいいのは、僕も姉さんも同じなんだ。清香がキッチンに立って、コーヒーマシンにセットし始めた。僕は立ち上がって、ベランダの前に立って街並みを眺めた。

清香の部屋は四階。そこから見える景色は東京の、いや東京じゃなくてもどこにでもあるような普通の街並み。周りに高い建物はあまりないから、空もよく見える。薄い雲が覆ってる空。

札幌《さっぽろ》から来た大学の同級生が言ってた。わりと東京には憧れて来たんだけど、いざ来てみたら住んでいるところの雰囲気は札幌とまったく全然変わらなくて拍子抜けだったって。確かに遊ぶところはたくさんあるし、人も多いし、最初の頃はすごく楽しかったけどある日突然気づいたって。毎日の生活も、空気の色も、何にも変わらない。

僕もそう思う。実家に住んでいても、姉さんのマンションに来ても特には何も変わらなかった。

テレビや映画や小説やマンガで接する〈東京〉というのが特別なドラマを、フィクションを含んでいるだけであって、そもそもが作り物なんだからそういう嘘を含んでいないものは成り立たなくて。そこに成り立ってしまった〈東京〉は、僕たちが住んでいる街じゃない。

街っていうのはただそこにたくさんの人たちの生活があるっていうだけで、どこでも同じなんだと思う。人が多いか少ないかだけ。

そこに特別なドラマなんかない。

でも、何をもって特別とするかは気持ち次第で、見方次第で全然変わってしまうんだ。フィクションという嘘じゃないけれども、〈ある出来事〉という日常の中での特別なものは存在するんだって、今、そう思った。

「はい」

「ありがと」

清香がコーヒーをマグカップに入れて持ってきてくれて、小さなテーブルに置いた。

それを二人で同時に飲む。

「美味しい」

「うん」

「ずっと外を眺めてたけど」

「うん」

「何の思いにふけっていたの？」

少し笑いながら清香が言った。

「いや」

何というか。

「出来事っていうのは、存在するものなんだなぁ、と」

「出来事？」

うん、って頷いてみせた。

「ドラマみたいな出来事っていうのは確かに存在していて、それは自分の身にも降りかかってくるものなんだなって改めて考えていた」

「何を今さら」

清香が笑う。

「今さらかな」

「今さらよ。あなたのお姉さんは何者？　〈小説家〉よ？　世の中に何十人かしかいない職業の人よ？」

「何十人は少な過ぎるだろう」

「しっかりと自他共に認められて活動できている人って考えたらそんなものよ。そういう希少なものになってしまった人を姉に持っておいて、一緒に日常を送っていながらドラマみたいな出来事がないって何事よ」

そうか。そうだった。僕の姉は小説家というものになった人だった。ドラマを生み出して物語にする人に突然なってしまったんだった。それはもう充分過ぎるほどに、出来事だった。

「落ち着いたところで再開すると」

「うん」

「いつからかはまったくわからないけれど、姉さんと千葉は、付き合ってしまった。それを僕に、きちんとした形で先入観なしに、認めてもらうために、つまり僕の中の何かが融《と》けていくまでって決めて、今までずっと二人でただの幼馴染みっていう、姉と弟の同級生だっていう演技を続けてきたってことになるのか」

清香は頷く。

「演技はあったかもね。最初に千葉くんが声を掛けてきたときは間違いなく二人で演技をしたのかも。でも、そこから先は大した演技もしていないと思うけど」

「単純に、二人は付き合っているとまだ僕に言ってないだけ。それを悟られないようにしているだけ」

そういうことって清香は言う。

「それもこれも全部、朗人にきちんと認めてもらうために」

うーん、って唸ってしまった。

「そんなに気を遣わなくてもいいのに」

「気を遣ったっていうより、そうしなきゃ気が済まなかったのよきっと。お姉さんとしても、千葉くんにしても」

清香が前に言っていた。姉さんはきっと、ものすごく堅実な愛を育む人のような気がするんだって。作品のファンである女としてはそう思うって。堅実な愛というものがどんなものかはわからないし、そもそも愛とはどうやって育むものかもわからないけれど。

これが、その堅実な愛の育み方のひとつなんだろうか。

「確かめた方がいいかな。実はこの間、僕も何か不思議な感じがあったんだ。ケンタを捜しているときの、姉さんと千葉との間に何かを感じてしまって」

うん、って清香が頷いた。

「私もそう。二人の間に何かを感じた。あのとき、千葉くんの心は揺れていたんだと思う。普段は隠しているものが、二人きりのときにしか出てこない何かがつい出てしまったんじゃないかな」

「そうだよね。そんなふうに感じたよね」

「でも」

でも、って清香は少しだけ難しい顔をしてみせた。

「確かめるかどうかは、朗人に任せる。私は迂闊《うかつ》なことは言えない。そもそもこれも単なる仮説だし」

そうなんだ。確かなことは何もない。ただ、あの二人の間に流れる空気にちょっとした何かを感じたのは事実。

そして、僕にもミッションがある。親に頼まれた。姉さんの恋愛というものが一体どうなっているのか確かめろと。

「確かめるのなら」

清香がカップを持ちながら言った。

「朗人が二人を何のわだかまりもというか、引っ掛かりもなく祝福できるような気持ちになってからの方がいいと思うな」

＊

原稿を書き終わった瞬間、終わったというのは人によっても捉え方が違うだろうけど、姉さんの場合まさに最後の「。」を打ち終わった瞬間のこと。文章を見直すのは後にして、その瞬間にもう「終わったー」と声に出してすぐに席を立ちたくなるという。

そして、何か別のことをしたくなる。今は僕が同じ家にいるので、居間にやってきて何か話し掛けてくる。その表情と態度で「あぁ原稿を書き終わったんだな」ってわかるんだ。何故なら、明らかに普段とテンションが違うから。

　確認したら、高揚しているのが自分でもわかるって言う。もしもその書き終わった瞬間がもう夜中で、寝た方がいいって時間で、ベッドに潜り込んだとしてもなかなか寝つけない。眠れないって言った方がいい。それぐらい精神的にその物語に没入していて、抜け出せない。だから、俳優さんが役から抜け出せない気持ちが少しわかるような気がするとも言っていた。

　その日の姉さんがそうだった。清香と仮定の話をしてきて、晩ご飯を一緒に食べて帰ってきたのは夜の十時ぐらい。僕はさてどうしたもんかな、って思いながらもそんなことで悩むのはちょっとなんだなって思って、録画しておいたドラマを観ていた。それこそシリアスな警察ものを書くことで有名な小説家さんの小説が原作のドラマで、ヒリヒリするような緊迫感あるドラマがテレビの中で展開されていた。

　そこに、ドアが開いて姉さんが出てきたんだ。

　明らかに瞳を輝かせて、いつもとは違うテンションで。僕はそれを見てリモコンを手にして一時停止にした。

「原稿が上がったの？」

「そう！」

にっこり笑って少し強めにそう言って、くるんと回るようにして勢いよくソファに座った。画面を見る。

「あ、これ観てたんだ。最終回？」

「そう。まだ観てないでしょ」

「観てない」

じゃあ後からにしておくよって言ったら、座った勢いをそのままに今度は立ち上がった。

「いい。観てて。お風呂入るから。あ、でもその前にちょっとお茶飲んで落ち着きたいからその間だけ止めておいて」

「了解」

姉さんが弾むような足取りでキッチンに行って、ポットに水を入れてスイッチを入れる。その間に急須とお茶っ葉を用意する。

「飲む？」

「いただきます」

そのお茶は前に千葉の部屋から貰ってきたものだったよなぁって思いながら、視界の端の方に姉さんの姿を捉えていた。あんまりまじまじと見たら変に思われる。

姉の恋。

秘めた恋。

秘めていることになるのか？　ならないか。少なくとも姉さんは僕のスケジュールをおおよそ把握しているんだから、僕に出くわさないところを選んで千葉とデートができる。僕が清香の部屋に泊まるときなんかは、姉さんは千葉の部屋に泊まることができる。そもそも僕が部屋にいたとしても、取材でどこかへ行くと言えば僕は疑いもしないし、そのときに千葉が大学を休んだとしても僕は不思議にも思わない。

あんまり秘めてはいないな。

弟にだけ秘めている恋。

姉さんと千葉は、どうやってその隠し事を終わりにするのかな。

ある日、「話があるの」とか真面目な顔をして言って、そこに千葉がやってくるんだろうか。千葉は、まるで結婚を許してもらいに彼女の父親に会いに来た男みたいな顔をするんだろうか。

そうやって考えていると、なんだかおかしくなってきた。

「なにニヤついてるの」

姉さんが湯飲みにお茶を淹れて持ってきてくれて、それをテーブルに置いてソファに座った。

「いや、思い出し笑い」

「男の思い出し笑いほど気持ち悪いものはないわよ」

「そうなの？」

それは気をつけようと思った。そして、まだ全然そう確定したわけじゃないけど、このままもう少し普通に暮らしていこうって決めた。もし、本当に僕と清香の予想が当たっていたとするなら、この出来事の結末を、小説家の姉さんが考える結末を見てみたいって思ったから。

十

どんなに印象的な出来事があったとしても、時間は止まらないで日々という名前の歩き方で進んでいくんだ。

朝起きたら大学に行くし、大学では講義も真面目に聞くけれど友達とバカな話もする。お腹が空いてご飯を食べるし、帰ったら課題だってやらなきゃならない。清香と二人で過ごす時間は大切だし、でもそれぞれに別々の友達と過ごす時間も大切だ。

つまり、姉さんと千葉が本当に付き合っているのか、それが判明するのはいつのことなのか、どんな形でやってくるのかをすごく楽しみにしていたとしても、日々の流れに埋没してしまうんだ。

五月から始まった姉さんとの日々も半年が過ぎて、もうすぐ冬になろうとしている。二人で暮らすことはもう完全に日常になってしまったし、姉さんと、あるいは清香も一緒に三人で千葉の部屋に行って、ケンタと遊ぶのもその日常の中のローテーションのひとつのようになってしまった。

ケンタを中心にして、四人で過ごすこともあたりまえになっていた。一緒に長い時間を過ごしてもさして気を遣うこともなく、どこかへ出掛けることもなく、ケンタと遊んで昼ご飯や晩ご飯を、清香を中心にして作って食べる。その他にゲームをやったりＤＶＤで映画を観たりもする。近所の商店街に買い物に行って、そのまま解散したり。

　ケンタはどうやら気を許した人にはとことん懐くタイプの猫らしい。飼い主である千葉はもちろん、僕と姉さんと清香には、撫《な》でろ、とか、遊べ、とか言ってくる。大学の友達が千葉の部屋に来ることもたまにはあるけれど、そういうときにはケンタは隠れてしまってまったく出てこないそうだ。

　そして千葉はケンタを肩乗り猫にしようと画策している。文字通り飼い主の肩に乗ってどこへでも出かけられるようにするんだそうだ。実際、そんな猫はたまにいるらしい。

　猫用のリードも買ってつけて散歩をしたり、部屋の中では肩に乗らせて歩き回る訓練をしている。どうしてまたそんな、って訊いたら、いつかケンタを肩に乗せて旅がしたいそうだ。

「車で適当に走って、その辺の気に入った町をケンタを肩に乗せて散歩して一日を過ごす」

そう言っていた。そのためには小さくてもいいからキャンピングカーのような設備を持った車が必要で、それを買うのも千葉の目標のひとつらしい。

何となく、千葉らしい。

そして、そういうことをしたいと思っている千葉のパートナーに姉さんはぴったりなんじゃないかと心の中でほくそ笑んだ。つまり、姉さんはどこでもいつでも仕事ができる、小説家だ。

千葉と姉さんとケンタが車に乗って日本中を回って、生活費は姉さんが小説を書いて稼げばいいんだ。それだと千葉がヒモみたいになってしまうけど、旅する小説家の運転手と考えればそれはそれで立派な仕事だと思う。千葉は料理も手際良くやってるしいいんじゃないか。もっとも姉さんが自宅以外のどこでも小説が書けるのかどうかは確かめていないけど。

清香と二人のときにそんな話をしたら、大きく頷いていた。

「いい！　旅する小説家！　ぜひ海外にも行ってほしい」

「さすがにケンタは海外へ連れて行けないだろう」

あぁ、って頷いた。

「そうだね。それは可哀想《かわいそう》だね」

犬や猫も海外に連れては行けるのかもしれないけど、本来飼われている猫や犬は、住んでいる環境に適応するものだし、どこかへ連れて行けばそれだけで緊張してストレスになってしまうって聞いた。

「その点、小さい頃からキャンピングカーとかで移動してたら慣れるものね」

「大きくなってからでも、キャンピングカーを自分の家だと認識できれば大丈夫じゃないかな」

「いいなぁ、それ。やってほしいなぁ」

僕たち二人で勝手に想像してしまったけれど、本当に二人が付き合っているかどうかはまだわからない。最初の頃は清香も僕も四人でいるときにはそれなりに気をつけて観察していたけれど、あんまり二人の様子が、僕たちといるときにはいつもと変わらないものだから、最近は考えないようにしている。

衣替えと言うほど大げさじゃないけど、冬用の服を実家に取りに帰ったのは、十一月も末の日曜日だ。ついでに家にあった使っていない古いコタツを車に積んで運んでもらう。僕と姉さんのマンションにではなく、千葉の部屋に。

千葉は今までコタツなしで冬を過ごしていたらしいんだけど、猫にはコタツが付き物だって話になったけど買う余裕などない。そういえば実家に古いのがあったよなって思い出して、あげることにしたんだ。

「大貴くんは元気なのか」

車のハンドルを握りながら父さんが訊いた。

「元気元気。相変わらず」

そうか、って少し微笑みながら頷いた。

「あの子は、小さい頃からしっかりしていたからな。大学でもちゃんとやってるんだろう」

「しっかりしてた？」

してたな、って父さんは言う。

「お前もそんなにフラフラしている方じゃなかったが、大貴くんはずば抜けてしっかりしていたな。ほら、小学校のときの親子レクがあっただろう」

「あったね」

親子レクリエーション。うちの小学校だけかもしれないけど、日曜日に親子揃って野外のどこかへ出掛けて、バーベキューをしたりする行事があったんだ。今もやってるかどうかは知らないけど。

「ああいうとき、男の子はとにかくフラフラして遊び回って、お父さんやお母さんの手伝いをするのは女の子って相場が決まってるよな」

「あぁ」

そうだね、って頷いた。思い出せばそんな感じだ。

「でも大貴くんはな、常に大人と子供たちの間に立っていた」

「間に立っていたって？」

「つまり、大人や先生が遊んでいる子供たちに声を掛けようとしたときに、いつでも大人の眼に入る位置にいるんだ。自分で意識してそうしている感じだった。見ると、必ず眼が合う。こっちが子供たちを呼ぼうとすると、すぐに察して皆に声を掛ける。そんな子供だったよ」

そうか。そういえばそんな感じだったか。

「気遣いというか、気配りができる男の子だったんだな。そういう男の子はなかなかいない。貴重な存在だったよ」

＊

上がってお茶でもと勧める千葉に、駐車場に停《と》めるのが面倒臭いからいいよって笑って言って、父さんはすぐに帰っていった。姉さんと僕をよろしくな、って千葉に言って。あと、お父さんお母さんが淋しがってるからたまには連絡してやりなさいとも。

「連絡してないのか？」

父さんの車が走り去ってから訊いたら、千葉が少し肩を竦《すく》めた。

「してないかな。お前はするか？」

「姉さんがね」

あぁ、って頷いた。

「その辺は男と女だよな」

一概には言えないんだろうけど、男はそんなものだと思う。

コタツを設置したらさっそくケンタは興味津々でちょっかいを出してきた。いきなり天板の上に飛び乗ったと思ったら、コタツ布団を持ち上げたり中に入ろうとしてみたりいろいろ。

時計は三時過ぎ。姉さんはもう少し原稿を書いて、晩ご飯の時間の頃に来るとメールがあった。清香はたぶん夕方四時過ぎには来るはず。コタツが来たんならそこで鍋をしようって話になっているんだ。

ケンタが一人でコタツで遊んでいるのを二人で眺めながら、お茶を飲んでいた。コタツに日本茶ってこれはもうハマり過ぎじゃないかっていうぐらいだ。

お茶を飲みながら、父さんと車の中で話したことを教えてやると、千葉は苦笑いした。

「大人ってよくそういうことを覚えてるよな」

「大人っていうか、親だからだろ」

「そうだな」

子供の頃にはこんなことがあった、っていう話をたまにされる。自分たちが覚えていることもあるけれど、まったく覚えていない変な話をされるとこそばゆくてしょうがないって思う。

「たぶん」

千葉が言う。

「俺たちも人の親になったら、そうなるんだろうな。自分の子供たちのことを一生覚えていて、言い続けるんだ。じいちゃんばあちゃんとかそうだろ。いい加減いい年になった子供たちのことを話すじゃん」

そうかもしれない。でもさすがにまだ自分たちに子供ができたときのことなんかは、想像もできない。

「何でそんな気遣いしてたんだ？　自覚あったの？」

　訊いたら、千葉は、うーん、って少し唸った。

「気遣いっていう、自覚はなかったな。本能的にやってたんじゃないかな。あれだよ、けっこう臆病だったんだよ」

「臆病？」

　頷いた。

「外でさ、近くに親がいるときに、自分の姿が見えなくなったら困るんじゃないかって考えたことがあるの覚えてる。幼稚園ぐらいのときだったかな」

「あぁ」

　そういうことか。

「親の目の届く範囲にいなきゃ、って考えたんだ」

「そうそう。それって結局親のためじゃなく、自分が怖がりだったり臆病だったりするからそうしてるってことだよな。そういう感情での行動が、大人にはしっかりしてるって映ったんじゃないのか」

　なるほど、って頷いた。それなら頷ける。

「わかってないもんだな。ほとんど生まれた頃から近くにいるのに」

そんなもんだろ、って千葉が笑って、それから、ととと っ、って近くに寄ってきたケンタを捕まえた。

「なぁ」

「なに」

「将来の目標って、あるか？」

千葉がケンタの脇に手をやって持ち上げて、ケンタの身体を伸ばしながらそう言った。猫ってこうやって持ち上げると、すごく身体が伸びるような気がする。普段の見た目の二倍ぐらいあるんじゃないかって感じだ。

「就職って意味か？」

「それも含めて」

こっちを見ないで、ケンタの背中に顔をうずめながら言った。声の調子で、これは真面目に訊いているんだなってわかった。

「そうだなぁ」

真面目に考えているかと訊かれたら困る。

「まだ自分が何者になるのか、全然わからない」

そう言ったら、千葉がこっちを見て少し笑った。ケンタが、離せ！　って感じで暴れたので千葉が手を離すと、ケンタは壁まで走っていって、でっぱりのところに飛び乗った。

「お前ってさ。やっぱり何か言葉に関する仕事に就いた方がいいんじゃないのか」

千葉が言う。

「どうして」

「自分の将来について〈何者になるのか〉なんていう表現を普通にする奴はそうそういないぞ。姉さんといい、竹内家は文才を持つ家系なのかな」

「そうか？」

自分ではまったく意識していない。

「もしそんなものがあるとしたら、父さんの血なのかな」

「お父さん、何か書いたりする人なのか」

「文学青年だったたって」

姉さんが小説の賞を取るかもしれないってときに初めて聞いた話だ。小説家になろうなんて思わなかったし書いたこともないけれど、すごい読書家だったそうだ。いや、今もかなり読んでいるみたいだけど。

「そもそも父親の若い頃の話なんか知らないよね」

訊いたら千葉はちょっと首を横に振った。

「俺は訊いた。中学の頃に」

「どうしてまた」

「俺の親父《おやじ》は何やってるか知ってたっけ？」

市役所の職員だったはず。そう言ったら頷いた。

「そう。公務員な。小学校のときにさ、お父さんの職業についての宿題あったじゃないか」

「あったね」

お父さんのいない子供はどうするんだろうって思ったけど、その場合は家で働いている人、あるいは身内の人の職業について調べる宿題。

「あれで、公務員とはどんなものかって訊いてもまったくわかんなかったんだ。わかんないのに、言われたことをそのまま書いたのがなんか自分の中で違和感みたいな感じで残っていてさ。で、中学のときになんか俺、いろいろ考えた時期があって」

「何を考えたんだ」

「人生について。言っとくけどマジでだぞ」

ちょっと笑いそうになったけど、千葉がマジだと言うんならそうなんだろう。

「何で、そんなことを考えたんだ」

普通は中学生で人生なんか考えないと思う。いや、中にはそういう子もいるのかもしれないけど。

「島崎藤村《しまざきとうそん》っていう、小説家を知ってるか」

名前だけは知ってる。明治の頃の小説家じゃなかったか。

「夏目漱石《なつめそうせき》とか森鷗外《もりおうがい》とか、その辺の人と同じだろ」

千葉が少し笑って、うん、って頷いた。

「それだけ知ってれば充分。その人の書いた代表作って言ってもいい『破戒《はかい》』って小説を読んだんだ。何かものすごく感動してさ。こんな小説を書く人ってどんな人なんだろうって調べたら、とんでもない男でさ」

「どうとんでもないんだ？」

「自分の姪《めい》と関係して子供を産ませたり」

「うわ」

そっちの方か。

「まぁ時代っていうのもあったし、そもそもその頃の小説家って大体が知識人で、かつ、とんでもない人なんだけどさ」

「そうかもしれないな」

そんなに詳しいわけじゃないけど、姉さんも前にそんな話をしていた。

今の時代とはそもそもの根本の考え方や感じ方が違う。常識が違う。何よりも江戸から明治になってしまって、社会も組織もそして人々の意識も、何もかもが根本的に変化していった時代だ。

「そんなときの知識人、つまり世の中がどんなふうになっているのかを知っている人たちというのは、とんでもないふうになってしまったとしても、しょうがないのかなって」

そう言ったら、千葉も頷いた。

「そして、知識の広がるレベルが今とはまるで違うからな。誰もが同じものをいつでもどこでも知ることなんかできない。そもそも識字率だってまるで違ったはずだ。言葉は悪いけど、その辺の庶民と小説を書ける人間とのレベルの差は、溝は相当広かったんだと思うぞ」

「まぁそうだったろうな」

たぶん話が横道にずれたけど、千葉とこういう話をするのは楽しい。

「で、まぁそんなとんでもない外れた感覚を持った人が、こんな素晴らしい小説を書けるのはどうしてなんだろうってところから始まって、いったい人生とはなんだって考えたんだ」

「お前、中学のときにそんなこと考えたのか」

驚いたら、笑った。

「ある種の中二病だな。今思うと自分でもかなり恥ずかしいけど、考えてしまったんだから、しょうがない」

恥ずかしいどころか、とんでもないんじゃないか。いや、中学生の頃から人生とは何か、なんて考えるというのはものすごく立派なことだし、正しいことだと思うけど。大抵はそんなこと考えない。

実際、僕なんかいまだにそんなことは考えていない。

「それでなんだな」

「何がだ」

「お前が昔っから、正確に言うと僕と遊ばなくなった中学生の頃から妙に大人びていったのは」

「大人びたか？」

笑った。

「ちょっと表現が違うか。達観してるっていうか、飄々としてるっていうか、そんなふうな感じの男になっていったのは」

そうかな、って苦笑しながら首を捻った。

「そんなふうに感じたのなら、俺の苦労もムダじゃなかったな」

「何の苦労？」

千葉は僕の顔を見ながら、うん、って小さく頷いた。それから湯飲みを持って、一口お茶を飲んだ。

「お前にだから言うんだけどな」

「うん」

「バカな奴っているだろ」

「どういうバカ？」

どうしようもない連中だよ、って千葉は少しキツイ感じで言った。

「群れて、人を傷つけたり、社会の害悪になってるのに何とも思っていないような連中だよ。小学校の頃はそうでもないのに、中学生になるとそういう連中がまるで堰《せき》を切ったように一気に顕在化するよな？」

顕在化って。

「まぁ、そうだね」

「びっくりしたよ。小学校では楽しく遊んでいたあいつはこんな男だったのかって。具体的に名前は挙げないけどさ」

わかるよな、って感じで僕を見たので、うん、って頷いた。わかるような気がする。同じ小学校中学校で過ごしたんだから。

たぶん、あいつとかあいつのグループのことだ。今は何をやってるのかまったく知らないけど、風の噂《うわさ》では傷害事件を起こしたりなんだりしているらしい。少年院とか刑務所に入ったとかどうとかっていう噂も聞いた。

「案の定だけどさ。ああいう何にも考えていないような、考えてもしょうがないような連中を見下したりしないように、努力したんだ」

見下す。

「つまり簡単に言うと、バカな連中をバカにしているのを表に出さないように頑張っていたってことか」

「最初はそうだった」

「最初はってことは？」

ケンタがひょいとコタツの上に飛び乗ってきたので、今度は僕が捕まえた。膝の上に乗せてお腹を上にする。そして撫でる。お腹を撫でるとケンタは情けない声で鳴くんだ。嫌がってる感じじゃないしむしろされるがままになっているので気持ち良いんだと思うんだけど、その鳴き声がおかしくて笑えるんだ。

「けど、好きになるようにしたんだ」

「好きになる?」

「まぁ犯罪とかやっちまうのはもうどうしようもないとして、そこまでいかない連中のことをさ。自分とは違うレベルにいるしそこから上昇することはないだろうけど、それでも精いっぱい人生を生きていく愛《いと》おしい連中なんだって思うように努力したのさ」

そんなふうに思っていたのか。

「めちゃくちゃイヤな奴だなお前」

二人で笑った。

「自分でも思う。でも、バカにするよりは、好きになる努力をした分だけは偉いと思わないか?」

「それは思うけどさ」

そんなことを考えていたのはわかった。

「それで？　人生について考えて何か思いついたの？　目標が見つかったのか」

さっきそう訊いてきた。将来の目標はあるかって。千葉は、もう僕の膝の上から逃げ出してキッチンの前の床に寝そべっているケンタの方を見た。

「内緒だけどな」

「うん」

「それは、松下さんにも言わないでほしいってことだけど」

了解、って頷いた。

「小説家になろうと思った」

「え？」

ちょっと驚いた。

驚いた顔をした僕を見て、千葉は少しばつが悪そうに笑った。

「いつ思ったんだ」

「中学を卒業するときにそう決めたんだ。いつか、小説家になろうって」

「書いてたのか？　小説を」

「実は書いてた。高校生になってから」

「え、じゃあ」

姉さんは僕たちが高校生のときに小説家になった。

「姉さんのことは」

うん、って千葉は頷いた。

「びっくりした。まさか、自分の周りにいる人が、しかもめっちゃ身近なお前の姉さんが小説家になるなんて。自分が目標とするものになってしまうなんて。それは、かなり失礼な意味でも」

「どんな失礼なんだ」

「まったくそんな気配を感じてなかった。気配というか、それは俺が頭の中で勝手に作っていた作家像って意味だな」

「姉さんは全然そんな感じじゃなかったもんな」

そうそう、って千葉は少し笑った。でも、その笑みの中に何か違う感情が混じっているのは、わかった。

「何か根本から覆されたような気がしてさ。美笑さんの本をむさぼるように読んだよ。何度も何度も、暗記するぐらい読んだ。友人のお姉さんが書いた小説をさ。それはどんなものなのかってさ」

「ファンだって言ってたよな。ってことはおもしろかったんだな」

うん、って頷いた。

「素直におもしろかった。しかも、少なくともある程度は知っている人なんだから、こういう物語がああいう人から出てくるのかって」

ここで訊くべきかって一瞬考えた。

〈それで付き合ってるのか？〉

でも、それは何だかひどい質問だなってまた次の瞬間に考え直してやめた。

「参考にはしてないよな」

そう訊いたら、千葉は頷いた。

「してないよ。そもそもするもんじゃないと思う。偉そうに言える身分じゃないけどさ」

「応募とかしてるのか。どこかの新人賞に」

「いいや」

首を横に振った。

「もう何本も書き上げたけど、まだ何か違うって思っちゃってさ。したことないんだ恥ずかしながら」

「そうか」

姉さんに読んでもらったことあるのかって訊こうと思ったけど、あるんだったら言うだろう。

「それが将来の目標か」

「だな」

ただ、って続けた。

「他にもやってみたい仕事はある。誰かが言ってたらしいけど、小説家は最後の職業だって。その気と運さえあれば何歳になったってデビューできる。だから、就職もしないでそこを目指すなんてことはしないけどな」

僕も誰かが言ってた言葉が浮かんできた。自分に何ができるか、何をしたいかがはっきりしている人は幸運な人だって。

たぶん、僕にはまだ幸運が訪れていない。

携帯が鳴った。電話の着信音だ。見たら姉さんだったので、これから行くから、とかかなって思いながら出た。

「はい」

（あのね、お母さんが倒れたって）

「え？　なに？」

何を言ってるのか、よくわからなかった。理解できなかった。日本語としては理解しているのに、どういう意味かがわからなかった。

「どういう意味？」

電話の向こうで、姉さんが深く息を吐いたのがわかった。

（お母さんが倒れたの。病院に運ばれたって。私、もうすぐ家を出るから、朗人はまっすぐ駅に行って。そこで合流しよう）

倒れた？

母さんが？

千葉が、真剣な表情で僕を見ていた。

十一

姉さんと並んで二人で電車のシートに座って、ただ窓の外を眺めたり携帯を出して何度も父さんからのメールを読み返したりしていた。姉さんは、ずっと手に携帯を持ったままだ。

〈お母さんは大丈夫だ。心配して焦って来なくていい〉

さっき、駅で姉さんと合流したときにちょうど届いた。父さんからのメール。もっと詳しく教えてくれよって思ったけど、父さんは携帯でのメールが苦手な人だ。

電話が来なかったのはきっと病院にいるからだよ、って姉さんが言って、二人で頷いていた。そう思う。そして、実は父さんも家に着く前に電話で知らされたらしい。

母さんは隣の細村《ほそむら》さんの家でお茶していたそうだ。

細村さんとはもうずっとお隣同士で、仲も良い。隣人と仲が良いっていうのは本当に大事なことらしくて、僕はまだ全然そういうことに関する実感がないけれども、毎日を過ごしていく中でそれはすごく助かっているんだって前に父さんから聞いたことがある。

細村さんは母さんたちよりずっと年上で、僕が物心ついたときにはもう夫婦二人暮らしだった。姉さんは、結婚して家を出た細村さんの一人娘の明日香《あすか》さんのことを覚えているらしいけど、僕はほとんど記憶にない。たまに帰ってきたときに偶然会えば挨拶《あいさつ》ぐらいはするけれど、その程度だ。

その細村さんの奥さんと母さんは、月に一、二回とか、あるいは週に一回ぐらいとか、お互いの家でお茶を飲みながらあれこれ話しているらしい。他愛ないお喋りらしいけど、ときには千葉のお母さんやそのまた隣の杉谷《すぎたに》さんなんかも一緒になってお茶会をしているらしい。要するに、井戸端会議だ。お母さん同士のお喋りだ。

隣同士が集まってそういうことができるっていうのも、すごく幸運なことらしい。大抵はそんなに続かないらしい。それはわかる気がする。もう何十年もずっとお隣さんをやっていて、お茶会を長く続けられるっていうのは本当にたまたま気が合って話の合う者同士が集まったからだ。少しでも気が合わなければ誰かが抜けてしまう。近所付き合いだからって嫌々参加していたら、すぐにわかるそうだ。そしてそんなことがあったら、それぞれに何となく心に澱《おり》のようなものを抱えたまま、ずっと、それこそ死ぬまでご近所さんをしていなきゃならない。

それはそれでよくあることだろうし、それでも表面上は愛想良くやっていかないと社会生活は営めない。

でも、うちと細村さん、千葉さん、杉谷さんの四家族では、四人のお母さんたちがいちばん年長で僕にしてみたらもうおばあちゃんみたいな年齢の細村さんを中心にして、本当に気持ちよく仲良くお隣さんをやっているらしい。

今日は、父さんが僕と一緒にコタツを運びだしてから、細村さんの家でお茶していた。小一時間も話して、今日は一緒に買い物に行こうかとしたときに、立ち上がった母さんが膝から崩れ落ちるようにして倒れたらしい。

救急車が着いたときには意識もあって、どうやら貧血らしいという話だった。でも、今まで母さんが貧血なんかで倒れたことはなかった。

大丈夫だって言う父さんのメールでひとまず安心してはいたけど、姉さんと僕は何も話せなくて、そもそも電車の中であれこれ喋るなんてことはあまりしないけど、ただ黙って、早く駅に着かないかなって、そればかり考えていた。

「千葉がさ」

「うん?」

左隣に座っている姉さんがこっちを見た。

「状況がわかったら、メールくれって。心配だからって」

こくん、って姉さんが頷いた。

「そうだね」

細村さんのことはもちろん千葉も知っている。千葉にとっても細村さんはお隣さんだ。

そういえば小学生の頃に、確か一年生のときだ。どういう状況だったかは覚えてないけど、学校の帰りにまっすぐ千葉と二人で細村さんの家に行ったことがあった。たぶん、両方のお母さんが用事か何かで家にいなくて、少しの間預かるという話だったんじゃないか。晩ご飯の前には母さんが迎えに来てくれたから、たぶんそうなんだろう。

細村さんはにこにこして僕と千葉に「お帰りなさい」って言って、おやつにケーキを出してくれた覚えがある。優しいおばあちゃんって感じの細村さんに僕たちは思いっきり甘えていたんじゃないか。

「あのさ」

「うん」

姉さんは呟くように小さな声で言う。

「こういうことがいつかは来るんだって考えていたのね」

「うん」

父さんや母さんの具合が悪くなる、というようなこと。風邪とかそういうんじゃなくて、小説やドラマでよく描かれる命にかかわるような。それこそ、姉さんの小説にもそういうシーンがある。

年老いた親が突然死んでしまう。後に残された子供たちがそれぞれに悲しみに耐えたり、お葬式の準備に右往左往するような場面。それは、特別なドラマなんかじゃなくて、誰の身にでも降りかかってくる日常なんだろうけど、まだ僕たちのものじゃないと感じていたと思う。

でも、それは必ずやってくる。まぁひょっとしたら僕が先に事故かなんかで死んでしまう可能性もないとは言えないのだけど。

「そういうときにはね。私は長女だけど、あなたは長男じゃない」

「そうだね」

二人きりの姉弟だからそうなる。

「ちょっとでいいから、頭の隅に置いておいた方がいいかも。縁起でもないけど、いざというときには」

一度言葉を切って、どう言おうか考えたみたいだった。

「あなたが我が家の代表になるんだから」

小声で言う。電車の中だし、本当に縁起でもないから少しぼやかしたんだろうって
いうのはわかった。

もし、父さんも母さんも死んでしまったときには、僕が代表になるってことだ。そ
れこそ、喪主になるってことだ。

「それはね、前に考えたことがある」

「いつ？」

「知らないかも。高三のときに同級生の親が事故死したんだ」

あ、と、姉さんが頷いた。

「聞いた気がする」

「お通夜に行ったんだよ」

その同級生は、田島《たじま》というんだけど一人っ子だった。すぐ近所におじいちゃんおば
あちゃんがいたらしくて葬儀の後はそこから学校に通っていたって聞いた。

今は、どうしているのかな。そんなに親しくはなかったからわからない。確か就職
したはずだけど。

「喪主が、そいつだったんだ」

新聞のお悔やみ欄で知った。そのときに初めて施主と喪主があるんだって理解した。

そして、残った家族がそういう役割を果たすんだって。

姉さんは小さく頷いた。

「まぁ本当に縁起でもないし、今回は全然そんなことはないって思うけど」

「うん」

大丈夫だと思う。父さんがそう言ってきたんだから。でも、貧血だろうとなんだろうと倒れたのは事実なんだ。そして、父さんも母さんも五十代後半になる親なんだ。

確か、父さんと同い年の友人が突然亡くなってお葬式に行ったことだってある。

そういうことは、あるんだ。

＊

母さんは、全然元気だった。四人部屋の病室だったんだけど、他のベッドに患者さんはいなくて実質今のところは母さんの一人部屋状態。

何でそんなに病院のベッドの上でニコニコしてるんだって思うぐらいに、元気だった。顔色だって普段と変わらないし、むしろ大騒ぎさせちゃってごめんなさいって恥ずかしがって真っ赤になっていたぐらいだ。

でも、検査入院をする。父さんが丸椅子に座りながらそう言った。

「脳貧血とか言ってたが、その原因がどこにあるのかわからないと不安だからな。いい機会だから一通り検査してもらうよ」

父さんが言うと、母さんも小さく頷いた。

「せっかくねぇ、救急車で運ばれちゃったんだし」

「せっかくって」

姉さんがちょっと笑って窘めるように言った。

「何日ぐらい？」

訊いたら、父さんが少し首を傾げた。

「今確認してもらっているんだが、まぁ長くて四、五日だろうって話だ。いろいろ混み合っているらしくてな。検査の順番待ちがあったりで、結果がわかるまで時間が掛かるかもしれないらしい」

「そんなに掛かるんだ」

「でも、寝ていなきゃならないことはないらしいから」

母さんが、だからいろいろ暇つぶしに持ってきてほしいものがあるって姉さんに言いた。

「悪いんだけどね。今、忙しいの？」

済まなそうな顔をして母さんが訊いた。姉さんはそれに被せるようにして、すぐ頷いた。

「大丈夫。締め切りは何とかなるから。家のことでしょ？」

そうなの、って母さんが少し顔を顰めた。

「大丈夫よ。やっておくから」

それは、母さんがいない間の父さんのご飯の仕度や掃除、洗濯のことだろうっていうのはすぐにわかった。

父さんが、手をひらひらさせて言った。

「そんなのは気にするな。四、五日ぐらい何とかなる」

「何とかなるなんて言って、結局何にもしなかったのを後で片づけるのは私なんですからね」

「大丈夫よ。別に寝泊まりしなくてもいいんだし。ちょっと行って晩ご飯を作り置きしておけば、温めて食べるぐらいは平気でしょ」

姉さんが笑って言う。往復で二時間で行って帰ってこられるんだから何でもないって。

父さんは、決して駄目な父親ってわけじゃなくて、穏やかだし酒もギャンブルもやらない真面目な人だけど、確かに家のことは何にもできない。やっているのを見たことがない。若い頃は自炊していたんだからその気になれば何でもできるって言うけれども、記憶の中にある、お母さんが何かの用事でいない日のご飯は全部カップ麺とか出前とか外食だった。掃除も洗濯も何もかも、母さん任せだ。まぁそれは僕も人のことは言えない。実家にいた頃には全部母さん任せだったんだし、今も食事は姉さん任せだ。

「朗人はどうするんだ」

父さんが僕を見て言った。

「いや、僕が家に戻ってもしょうがないでしょ」

「美笑が家に戻ってご飯作ってまたマンションに帰ってご飯作るのか。そんな手間を掛けるのはなんだろう」

父さんがそう言って、思わず姉さんと顔を見合わせてしまった。

「それは確かに面倒だから、僕のご飯は自分で作るからいいよ」

「でも私も自分の部屋に帰るのよね。じゃあ朗人が私の分も作ってくれる?」

「いいけど、それなら家で父さんと食べた方が楽じゃないの?」

父さんが、ポン、と自分の腿《もも》を軽く叩いた。

「ほら、いろいろ面倒だろう? だからお前たちは心配しないでいい。もし、父さんの飯の心配をしてくれるのなら、二人で四、五日家に戻ってこい。それがいちばん誰の負担にもならないだろうし、仕事にも学校にも影響はないだろう」

結局、二人で一週間ぐらい、母さんが検査入院から退院してくるまで家に戻ることになった。どう考えてもそれがいちばん楽だったからだ。

二人の部屋はそのまま残っているんだし、ボストンバッグひとつに下着やら服やらを詰めて持っていけばいいだけ。姉さんはノートパソコンを持っているからそれで仕事もできるし、そもそもずっと実家にいる必要もない。僕は大学に行くし、姉さんは父さんを送り出して朝の家事が終わったらマンションの部屋に戻って仕事をして、また夕方に戻ってくればいいだけの話だ。いつもの習慣が崩れてしまってひょっとしたら原稿を書く気分にはなれないかもしれないけど、もしそうなっても今のところは全然平気なスケジュールらしい。

そういう結論になった話を、ベッドの上でにこにこしている母さんを囲んで四人でした。その結論に至るまでに、僕の大学の話や、千葉の話、ケンタの話、そしてまだ父さん母さんには紹介していないけど清香の話なんかもしてしまった。

別に隠すつもりはなかったし、彼女はいるよ、っていうのは言っていた。でも紹介なんかは全然早いと思っていたし、だからここで名前とかどんな女の子なのか、なんて話もするつもりはまったくなかった。

でも、してしまった。

病室っていうのは、何か日常とは違う磁場が働いているんじゃないかと思う。重態なら別だけど母さんは全然元気そうだった。でも、患者さんが着る入院服みたいなものを着てベッドに横たわっているだけで、そこで皆に囲まれて座っているだけで、いつもより優しく、きちんと話をしなきゃならないって気持ちになってくる。何かで読んだんだと思うけど〈病気になるのもいいもんだ。皆が少しずつ優しくなってくれる〉って台詞が浮かんできた。確かにそういうもんだなって。

清香の話をしたとき、姉さんには彼氏がまだできないのかって父さんが訊いたんだけど、「まだですね」って姉さんはペロッと舌を出した。ひょっとしたら千葉が彼氏かもよって言ったらどうなるか、なんて一瞬考えたけど、もちろん言わないでおいた。

家族四人でそうやって長々と話すのは久しぶりだった。もともと、四人で長い話をするなんてことはなかったと思う。仲が悪いわけでもないけれど、極端に良いわけでもない。母さんと姉さんは長々と話したりするけれども、家族四人で十分も十五分もあれこれ会話をするなんて、本当に初めてのことだったと思う。

病院の玄関を出たときにはもう辺りが暗くなっていた。風が冷たくなってきていて、姉さんがジャケットの前を慌てて閉めていた。

「晩ご飯、三人でどこかで食べて帰る？」

姉さんが父さんに言った。

「いや、でも」

僕は腕時計を見た。今日は千葉と鍋を食べようって話していたのは父さんも知ってる。千葉の家に材料は買ってある。まだ五時過ぎだから、これから帰っても晩ご飯の時間には全然間に合う。早いぐらいだ。もちろん、鍋は明日に回してもいいんだけど。

父さんは、ほんの少し顔を顰めてから、顎を動かした。

「父さんは、今日は店屋物でも食べるからいい。でも、あれだ」

「なに」

「お茶を飲むぐらいの時間はあるだろう。ちょっと家に寄っていけ。二人に話があるから」

そう言ったと思ったらすたすたと歩き出した。病院から家まではゆっくり歩いても十五分ぐらいだ。少し急いで歩けば姉さんの足でも十分で着く。実家にいた頃には何度か行き来したことがあるからどうってことはないけれど。

姉さんと顔を見合わせた。父さんの言い方に何か引っ掛かるものがあったからだ。それを今、姉さんと共有できた。話って何？　って訊こうとも考えたけれど、歩きながらするような話じゃないってことだろう。

だから、何も言わないで無言で歩き続けた。

それはどういうことだろうって考えながら。母さんのことなんだろうか。ただの検査入院って言ってたけれど本人にはそうしておいて実は、って話になるんだろうか。それとも何か別の、いい機会だから話しておかなきゃならない家族の間の重要な話があるんだろうか。

たぶん、姉さんも僕も同じことを、そういうようなことを考えながらずっと急いで歩いていた。

近所の街並み。この辺ならどこをどう歩いたって迷わずに家に帰れる。そういう意味では、姉さんのマンションの付近よりもまだ身体に馴染んでいる街並み。街の空気。寒かったから自然と急ぎ足になったたし、急いで歩いたからちょうど身体も温まった頃に家に着いた。

父さんが鍵を取り出して玄関を開けて、電気を点けた。

実家の匂い。

家を離れて住んで初めて実感するそれは、どこかくすぐったいような気持ちになる。これが懐かしくなるのはいつぐらいからなんだろう。どれぐらいの期間離れて住んでいればそういう気持ちになるのか。

「コーヒーにする？　お茶にする？」

まっすぐ台所に行った姉さんが訊いた。

「お茶にしよう」

そう言って父さんは、居間のソファに座って、取ってきた郵便やら夕刊やらをテーブルに置いた。

ソファの背に凭れて、小さく息を吐いた。それから思いついたように立ち上がって、ベランダへのカーテンを閉めた。

「二階のお前たちの部屋のカーテンも閉めてきてくれ」

「うん」

言われて居間を出て、階段を上がっていく。姉さんも僕も、大体二十年間上ったり下りたりした階段は一段ごとに軋《きし》んで音を立てる。姉さんの部屋も僕の部屋も扉は開けっぱなしになっている。カーテンを閉めて、すぐに戻った。

「どうせ誰もいないんだから、カーテン開けっ放しでもいいのに」

居間に戻ってそう言ったら、父さんは頷いた。

「母さんにもそう言ったんだが、閉めないと落ち着かないみたいだな」

ソファに座ったら、姉さんがお茶をお盆に載せて持ってきて、テーブルに置いた。父さんが湯飲みを持って一口飲む。僕も姉さんも湯飲みを持った。寒さで少し冷たくなっていた手にその熱さが嬉しかった。

「母さんのことなんだがな」

父さんが言う。

「もちろん、詳しく検査してみなきゃ何とも言えないんだが、少し心臓が弱っているみたいなんだ」

「心臓が？」

「弱ってる？」

姉さんと二人で同時に言ってしまった。父さんは、軽く右掌を広げて僕たちに向けた。

「そう焦るようなものじゃない。少し前からな、軽いものだが心臓の辺りが苦しくなることがあったらしいんだ。それで、一度病院に行ってきちんと検査してもらった方がいいなと話していた。その矢先だったんだ」

姉さんが顔を顰めた。

「教えてくれれば」

「そうだな。病院に行ってからにしようと思っていた。それで、今日のところの先生の話では、本当に話だけなんだが、心臓疾患の可能性もあるのでその辺を重点的に調べると言っていた。いずれにしても、ほら、母さん前に膝に水が溜まって通っていたろう？」

姉さんと二人で頷いた。それは知ってた。

「そのときもついでだからといろいろ調べていたんだ。それで、生活習慣や普段の様子からして重篤なものではないだろうと。ただ場合によっては毎日の生活でもう少し改善しなきゃならないものが出てくるだろうということだ」

「改善って、食生活とかそういうものね？」

姉さんが言って、父さんが、お茶を飲んで少し笑った。

「まぁそうなんだろうな。その辺は検査が終わってからの話になるだろうが、もし、もしもの話だ。これは今日先生にも言ってきたんだが、重大なものがあるようなら母さんには伝えないようにとお願いしてきた。父さんにだけ教えてくれと」

僕と姉さんの顔を順番に見た。

「お前たちはわからんかもしれないが、母さんはそういう話に弱いんだ。すぐに気持ちが落ち込んでしまう。今日だって、少し元気過ぎるぐらいに笑っていたろう？　あれは、お前たちが来たから無理矢理に元気そうにしていたんだ。そうしなきゃ、心配掛けるって思ってな」

また父さんがお茶を一口飲んだ。

「今頃、一人になって急に落ち込んでいるはずだ。自分の身体のことになると悪い方悪い方へと考えてしまう人だからな」

姉さんが、ゆっくり頷いた。そうなのか。それは、僕は全然わからなかった。いや、母さんの性格なんて、そんなこと考えたこともなかった。そういう人なのか。

「そこだけ、お前たちにも言っておこうと思ったんだ。そうなったらお前たちにはもちろんちゃんと話すが、母さんには絶対に知られないようにしてほしいとな」

うん、と、父さんが僕たちを見ながら頷いた。

「お前たちは姉弟してその辺の気持ちは強いからな。大丈夫だろう」

＊

「知ってた？」

駅まで歩きながら、姉さんに訊いた。

「母さんのそういう性格」

姉さんは、うん、って頷いた。

「そう思ってた。わからなかった？」

「全然、考えたこともなかった」

「男の子はそういうものかもね」

そして、僕と姉さんはその辺の気持ちは強いのか。

「親って、そういうものなのかな。自分でもわからないのに、そう思うのかな」

姉さんは、少し苦笑いして首を傾げた。

「見てるんだよ、親は。だって赤ちゃんの頃からずっとだよ？　この子はどんな性格なんだろうって理解しようとしているんだから」

「でも、本当のとこなんかわからないじゃないか。もしこれで母さんが、本当にたとえばだけど、あと一年の命なんて言われたら、それで母さんの前で平気な顔できるかって言われたらわかんないよ？」

「大丈夫よ。朗人なら」

「そうなの？」

「そうよ。大丈夫。太鼓判を捺《お》す」

太鼓判を捺されてしまってはどうしようもないけれど、今一つ納得できないけど。

「でも、大丈夫よ。きっと杞憂《きゆう》に終わるわ」

その辺の楽観的な性格は、確かに昔からだ。そうか、僕も姉さんの性格はある程度は把握しているつもりだから、そういうものなのか。

「千葉に何て言おうか」

「うん」

メールでこれから帰るとだけ連絡した。

「ひょっとしたら細村さん経由で、千葉くんのお母さんからも聞いてるかもね」

「そうだね」

細村さんには父さんが連絡したって言ってたから。

「あのね」

「うん」

姉さんが立ち止まったので、僕もそうした。姉さんが僕を見た。駅はもうすぐそこだ。

「話すことがあるの」

「話すこと？」

こくん、と、姉さんが頷いた。

「今、決めたの。話そうって」


ひょっとしたら、って思っていた。

これはひょっとしたらひょっとするぞって。

姉さんは話したいことがある、と言った。何？　って訊いたら、千葉の部屋で話すからって言って、それから沈黙してしまった。電車に乗っている間も、寝ているわけじゃないけどただじっと眼を伏せて黙っていた。話し掛けないでオーラが出ていた。

清香にメールした。

〈今、姉貴と二人で千葉の部屋に向かっている。母さんは大丈夫。心配しないで。それよりも、姉さんが何か話がある、って真面目な顔をしているんだ〉

〈お母さん、良かった。後でちゃんと教えてね。それよりもお姉さんの話ってもしかしたら？〉

〈そんな気がする。たぶん姉貴は千葉にメールしたんじゃないかな。あと、三十分ぐらいで千葉の部屋に着くから〉

姉さんの様子を横目で確認したけど、やっぱり顔を伏せたままだった。

それから、江戸川橋駅に着いて千葉の部屋に向かって歩いている間も姉さんは黙ったままだった。風が冷たくてマフラーに顔を埋《うず》めて、そして肩を窄《すぼ》めてずっと速足でずんずん歩いていったんだ。

でも、千葉の部屋に着く前に確認しなきゃって思って、訊いた。

「母さんのこと、どこまで話す？」

僕は、清香に全部話そうと思っていた。心臓疾患の可能性がある。もし本当にそういうことになってしまったのなら、僕の生活もまた少し変わるかもしれないから。実際一週間は実家に戻るんだし、その後も何かあるかもしれない。

「清香には言おうと思ったんだけど」

「うん。いいよ」

姉さんは頷いた。

「そういうことは、付き合っている人には、違うか」

一度言葉を切って、立ち止まった。

「これからも付き合っていこうと、いきたいって考えている人には、ちゃんと言った方がいいと思う」

「そうだね」

僕も頷いた。そしてまた歩き出した姉さんに訊いた。

「千葉にはどうしようか」

千葉は、友達だ。幼馴染みだ。母さんのこともちろん知っている。だけど、心臓疾患の可能性の話までは、そんなところまではする必要はない。これからも千葉と母さんは会う機会はあるわけだから、そんなときに母さんに内緒にしておかなきゃならないことまで知らせなくていい。そんなものを背負わせちゃうのは失礼だ。

ただの、友達なら。

姉さんは、歩きながら頷いた。

「千葉くんにも、全部教える。だから、部屋に着く前に、清香ちゃんに詳しいことは二人きりのときに話すとかメールする必要はないよ」

「わかった」

素直に頷いた。それがどういう意味なのかは、後で話してくれるんだろう。

ピンポン、とチャイムを鳴らすとドアが開いて千葉と、先に来ていた清香がそこにいて、心配そうな顔で僕と姉さんを見た。

足元にケンタがいた。清香が出て行かないように押さえていた。

「お疲れ」

「うん」

千葉が言うので頷いた。姉さんも、こくりと頷いてから微笑んで千葉を見た。

「お鍋の用意はできてますから」

「清香ちゃんありがとうー。手伝えなくてごめんね」

姉さんのその口調は、いつもと変わらなかった。寒かった寒いよって皆で言い合いながらコタツに入っていった。

鍋は、水炊きだ。余計なものは入れないで野菜とお肉を、それぞれに好みのタレにつけて食べる。もう野菜は入っていていつでも食べられるように程よく煮えていた。

まぁとにかく食べながら話そうぜ聞こうぜとなって、皆でコタツに入って、箸を持った。ケンタがもう自分には何をくれるかって眼を真ん丸くさせながら千葉の隣に来て、コタツによじ登ろうとする。

「肉、入れるぜ」

「ケンタだめよー。お前は後から」

猫は躾できないって聞いたことがあるけれど、ケンタは頭が良いのかなんなのか、ダメと言われたことはあまりやらないような気がする。

「缶ビール冷蔵庫にあるけど、飲むのは話が終わってからだな」

「あー、そうしようか」

「それで、どうだったんだ」

千葉が続けた。細村さんからお母さんを経由して確認したらしい。倒れてすぐに意識を回復したから大丈夫だとは思う、というところまでは知っていた。

「大丈夫ってどういうふうに大丈夫なんだ」

千葉が肉を口に放り込んで訊いた。

「うん」

僕も肉を口に放り込みながら頷いた。

「倒れたのは、まぁ一過性の貧血みたいなものだって。でも、今までそんなことは一度もなかったから、一応一通りの検査をするから、二、三日かそこら入院するって」

「命に別状はないってことだな？」

千葉が真剣な顔で訊くので、大きく頷いた。

「大丈夫。今のところそんなことはない」

清香も僕を見て頷いた。

「でも」

「でも？」

清香が少し不安そうな顔をした。

「ここから先は、内緒の話なんだ」

「内緒？」

千葉がほんの少し眼を細めた。

「もしも、もしもだよ？　何かのタイミングがあってうちの母親に会うことがあっても、絶対に口にしないでほしいんだ。態度にも出さないでほしい。そういう話をしちゃうんだけど、いいかな」

「もちろんだ」

間髪入れずに千葉は言って、頷いた。清香が唇を一度引き締めて、やっぱり僕を見て頷いた。

「あ、でも」

姉さんが鍋に箸を伸ばして白菜を取りながら言った。

「そんな手を止めて眉間に皺《しわ》寄せながら聞かないで。深刻な話じゃないから」

少し笑いながら言ったら、あ、そうか、って千葉も清香も少し笑った。そうだった。せっかく深刻にならないように食べながら話していたのに、僕が少し真剣な口調になり過ぎた。

「父さんの話ではさ。うちの母親、少し心臓が弱っているみたいなんだ」

「心臓か」

「でもそれは深刻なものじゃなくて、少し食生活を改善したり、気をつけて生活しましょうねってぐらいのものになると思うんだけど」

「なると思うってことは」

千葉が言った。

「それはわかっていたんだけど、貧血で倒れたってことは、この際だからちゃんと検査してそこではっきりさせようってことだな？」

「そういうこと」

「それでね」

姉さんが箸を替えて肉を鍋の中に入れて、広げながら続けた。

「うちの母は、そういうことに弱いみたいなの。普段はわりと何事にもあっけらかんとしているんだけど、いざ自分の身体のこととかになると弱気になっちゃうのね。悪い方へ悪い方へ考えてしまうところがあって」

千葉も清香も小さく頷いた。

「だから、もし検査で深刻なものが出たとしたら、深刻なものじゃなくても多少の悪いものであったとしても、何ともなかったよって内緒にしようって、父とさっき話してきたの。だから」

「もしお母さんに会うことがあったら、話を合わせるんだね」

千葉が、姉さんに言う。その言い方に、口調に何かを感じてしまった。

「そうなの。清香ちゃんも申し訳ないけど」

「もちろんです。大丈夫です」

「検査が終わったら、結果が出たらちゃんと詳しく教えるから」

僕が続けたら、うん、って千葉が肉を口に放り込んだ。

「まぁとりあえずは、これで落ち着いて食える」

「びっくりさせたよね」

私も驚いたんだけど、って姉さんが言う。

「人生でこんなに驚いたことはないっていうぐらい、驚いたわ。お父さんから電話があったときに」

「私もです」

清香だ。

「前に父が入院したって電話があったときには、そのこと自体より、ものすごく動揺した自分にすっごく驚きました」

そうだね、って皆でうんうん、と頷き合った。

「それってやっぱり、一人暮らしをして家を離れたからこそ生まれる感情だよな」

「そう思う」

千葉と姉さんが言う。確かにそうだと思う。もちろん、実家に住んでいたって親が倒れたら驚くけれど、離れて暮らしているからこそ生まれる感情はある。

「親に感謝したりするのは、やっぱりそこから、生まれ育った場所から離れてからなんだ。そしてそうやって感謝できるってことは、自分をまともに育ててくれたんだなって思って、そこでも二重に感謝するんだ」

千葉が言った。

「あぁ、俺って思っていたよりちゃんとした人に育っていたんだなって。それは親のおかげなんだなって思う」

「あ、それはすっごくわかる」

清香が同意した。

そういうことだ。そうなんだ、と、頷いた。

自分がどういう人間か、なんて、普段の生活では考えることは少ない。何かが起こらないと考えるきっかけなんかあまりない。そして、起こった出来事に対して自分がどういう感情を抱いたか、それはどうしてそういう感情を抱いたのかって考えていくと、自然と自分はどういうふうに育てられたのかってところに行き着く。

僕は、普通だけど、ちゃんとした感覚を持った人間に育ったと思う。それは自分が育てたわけじゃない。

両親が、そんなふうに育ててくれたんだ。もしくは、そういう環境を作ってくれた。

「そこは感謝だよな」

千葉が言った。

「正直なところ、ものすごい立派な人間じゃないって思ったとしてもな。尊敬まではできないとしても」

「尊敬できないの？」

姉さんが訊いた。

「俺の中で〈尊敬〉っていう単語はたとえばレオナルド・ダ・ヴィンチクラスの偉人までいかないと出てこないんだよ。そういう意味合いでさ。別に親父を馬鹿にしてるわけじゃない」

「ダ・ヴィンチまで行くか」

「それは大変ね」

姉さんが言って、皆で少し笑った。でも、言っていることはわかる。うちの父さんだって尊敬してるかって訊かれたら、いやそこまではちょっと、って思ってしまう。

たぶん、誰でもそうだ。完全無欠な人間なんていない。誰でも弱さや脆《もろ》さを抱えているし、闇みたいな部分だってきっとあるだろう。会社では父さんのことを嫌いな部下もいるかもしれないし、ひょっとしたら評判が悪い部分もあるかもしれない。

「それでも、こうやって過ごしていられるのは親のおかげだからさ」

千葉が言う。その通りだと思う。

「きっと、気持ちなんか少しでいいのよ」

姉さんが言った。

「好きな気持ちや、嫌いな気持ち。尊敬する思い。そういうのって少しだから毎日をちゃんと過ごしていけるような気がする。あんまりにもそれでいっぱいになっちゃうと、その反対に何かがこぼれていっちゃう」

千葉が、うん、って頷いた。

「それが、美笑さんの小説だよね。良いも悪いも含めて」

「そうなのかもね」

ちょっと、驚いた。そしてそれを隠さなかった。

千葉が姉さんの眼の前で、姉さんの小説について触れたのは初めてだったから。そして、僕たちの前で〈美笑さん〉と呼んだのも初めてだった。少なくともこうやって皆で集まって遊んだりご飯を食べたりするようになってからは。

清香も僕と同じ反応をした。その清香と僕の反応を、そういう反応をするのがわかっていたかのように、千葉と姉さんが僕と清香を見て、微妙な表情をした。

ここか。

ここで話すのか。

「あのね」

姉さんが、箸を置いた。ちょっとだけ背筋を伸ばして、困ったようなあるいは恥ずかしがっているような微妙な笑みを見せる。

「ひょっとしたらわかっていたのかもしれないけれど」

「うん」

「私ね、千葉くんと結婚する」

「え⁉」

清香と同時に大きな声を出してしまった。そして同時に顔を見合わせてしまった。

予想を超えてしまった。

一段飛ばしで階段を駆け上がってくるのかと思って踊り場で待っていたら、五段飛ばして二歩で一気に眼の前に来てしまったみたいだった。

千葉が、これはきっとかなり無理をして神妙な表情をしている。その証拠に唇が微妙に動いている。姉さんは、恥ずかしそうな表情のままだ。

「わかっていなかった？」

「いや」

また清香と顔を見合わせた。

「わかっていたっていうか、ある程度予想はしていた。二人は付き合っているかもしれないって。清香が言い出したんだけど」

千葉が小さく顎を動かした。

「やっぱり松下さんだったか」

それも予測していたのか。

「でも、まさか、結婚って単語が出てくるなんて思いもしなかった」

そもそも千葉は、僕と同い年だ。まだ二十歳の大学生だ。二十歳で結婚できないわけじゃないし、している人もたくさんいるだろうけど。

「先の話よ」

姉さんが言って、その前に、って続けた。千葉と顔を見合わせた。頷き合って、二人で頭を下げた。

「済まん。謝る」

「黙っていて、悪かった。怒ってるか？」

千葉が言う。

「怒りはしないよ」

自分の姉が誰と付き合おうとかまわない。いちいち怒ったり笑ったりするのはかなりシスコンじゃないかって思う。

「でも、黙っていた理由ってのは、あれなのか？」

いや、その前に。

「いつから付き合っていたんだ？」

「俺が高校卒業してすぐ」

「正確には、その前から、高三のときから二人で会っていたりはしていたんだけど」

そうなのか。高校三年の頃から会っていたのか。そうじゃないのか、って予想はしていても、いざそうやって聞かされると本当に驚く。

「びっくりだよ」

「済まん」

「謝ることじゃないし謝られても困る」

ここは、笑った。

最初は笑った方がいいと思ってちょっとわざと笑ったんだけど、それにつられて千葉も少し笑って、そうしたら姉さんも清香も、ふふっ、って笑い出して、そうしたらだんだん本当におかしくなってきて笑いが止まらなくなってきて、全員で大笑いしてしまった。

その笑い声に一体何が起きたのか！　って感じでケンタがコタツに前脚を掛けて皆の顔をきょろきょろと慌てたように見出して、それがまた可愛くて可笑《おか》しくてさらに皆でお腹を抱えて笑い続けてしまった。何だかよくわからないツボに入ってしまって、姉さんと清香なんか涙を流していた。

「やめろ。笑うな」

「もうやめてくれ」

「勘弁して」

そんなことを笑いの中で無理矢理言う度にまたおかしくて笑いが波みたいに押し寄せては引いて、ようやく収まったときにはちょっとした放心状態になってしまった。

「まだ箸は持たない方がいいよ」

僕が言うと、皆が頷いた。

「もう少し待とう。これでご飯噴き出されたらまた笑える」

その様子を想像してまた少し笑いが込み上げてくる。

「説明するか？　最初に何があって、二人で会い出したのか」

「いや、いい」

そんなの、どうして付き合い出したのかなんて説明されてもちょっと、いやかなり困る気がする。

同級生で幼馴染みの男と、自分の姉の恋バナを、二人を眼の前にしているときに聞かされてもどうすればいいんだって話だ。

「あ、でも、黙っていようって決めたのは、どっちなんですか？」

清香が笑みを浮かべながら聞いた。

「私」

姉さんが、やっぱり恥ずかしそうに小さく右手を挙げた。

「さすがに朗人に言っちゃうのは恥ずかしかったし、何よりも、千葉くんが心配していたから」

僕の中にある小さなわだかまりを千葉は知っていた。だから、それが消えるまで待とうって。

「確認するけど、姉さんが僕に一緒に住んでほしいって言い出したのは、作戦だったんだね？」

「そうね」

ぺこん、って感じで姉さんが頭を軽く下げた。

「機会を増やしたかったの。朗人と話したり、三人でいられる時間を持てるように」

「こっちに引っ越してきたのも、作戦か？」

そこも確かめておこうかって千葉に訊いた。

「いや、そこは作戦というほど意識はしてなかった。ケンタを拾ったのは偶然だし。あ、これはいいきっかけかなって思っただけで」

それまでもどうやったら自然に皆で会えるようになるかって話はしていたそうだ。僕が清香と付き合っているのはもちろん千葉は知っていたし、姉さんと四人で会えるようになれば、自然と何かが流れていくかなって。

「ケンタがいれば、自然に集まれるかもって思ったんだね」

清香が訊いて、姉さんも千葉も頷いた。ようやく笑いの種みたいなものが身体の中から消えていって、箸を持ってご飯を再開した。千葉がもういいか、って立ち上がって冷蔵庫からビールを持ってきたので、皆で少しずつコップに入れて軽く乾杯した。

「結婚、っていうのは？」

姉さんは、小説家だ。千葉も小説家志望だ。だから、軽々しく〈結婚〉なんて言葉を使わないと思う。もうすっかり二人の間ではそれが決定事項になっているから、そう言ったんだと思う。

「もう決めちゃっているっていうのは、どうやって父さんや母さんに言うの？」

姉さんが、千葉の顔を見てから言った。

「それは、二人にだから言ったことで、まだお父さんやお母さんには、真剣に付き合っているってことだけにする。心配掛けてもまずいし」

「俺は、何者でもない、学生だからな」

千葉が少し笑ったので、僕も笑って頷いた。でも、父さんも母さんも千葉のことはよく知っているんだし、驚いたとしても反対とかはしないと思う。むしろ母さんなんかは千葉のことを気に入ってたはずだから喜ぶんじゃないか。

何者でもない。

僕も、千葉も。

それがあと何年続くのか。大学を卒業して就職して働き出したら何者かであると認められるのか。自分で何者かになったと思えるのか。

全然まだわからないけれど、そのときが来たらきちんとするって千葉が言った。

「じゃあ、親に言ったらさ、二人で一緒に住んだ方がいいんじゃないのか?」

ここの家賃を払うのに千葉は苦労してる。そもそも僕は実家にいたって何の不都合もないんだから、姉さんのマンションに僕じゃなくて千葉が住んだ方が皆が幸せになれる。

「いや、今の段階でそれはちょっと」

　千葉が少し顔を顰めた。

「ただでさえ年下で学生なんだし、ヒモみたいじゃないか。そんなことしたらうちの親は明日からどんな顔してお前の両親に会えばいいかわからないだろ」

「そうか」

　確かにそれはそうだ。いくら成人した息子と言ってもまだ学生なんだからその辺は体面っていうのもあるか。男としてもちょっと恥ずかしいか。そういうところ、千葉は気にするかもしれない。

「私は、千葉くんの書いたものを読んでるの」

　姉さんが言った。小説なんだろう。千葉が書いた物語。

「最初に読んだのは、まだ高校生のときの作品。それを読んだときにね、今まで弟の友達として見てきたもの、感じていたものと、何もかもが溶け合って沁《し》みるように伝わってきたの。感じたの。そのときに、これからずっと一緒にいたい、いなきゃならないって思ってしまったの」

　少し恥ずかしそうな笑みを見せた。たぶん、そんな顔を初めて見たと思う。でも、真剣な眼をしていた。

それは普段の姉さんの眼じゃない。きっと、小説家として自分の作品に向き合っているときの眼と同じなんじゃないかって思った。思ってしまっただけで、そうかどうかはわからないんだけど。

「俺もなんだ」

千葉が言った。

「美笑さんの本を初めて読んだときに、本当に驚いたって言ったな？」

「言った」

「同じような思いを持ったんだ」

そう言って、千葉は頭を一度下げて、それから困った、っていう表情を見せた。

「これは、話していてどういう顔をしていいかわかんないな」

「いやこっちこそだ。どんな顔して聞いていればいいんだ」

「やめていいか」

「うん、やめよう」

二人でそう言い合ったら、清香が、えっ、っていう表情を見せた。

もっとその辺を詳しく聞きたいんだろうか。女の子はそういうものなのか。でもそれは姉さんと清香の二人でしてもらおうと思った。そしてそれは後からじっくりゆっくり聞かせてもらう。その方がなんか精神衛生上もいいような気がする。僕は僕で、千葉と二人になったときに、そんな気になったら訊けばいいだけだ。

鍋をつついて、ビールを飲んで、なんだかんだと話す。姉さんの笑顔も千葉の笑い顔も、今までとは何か違うような気がする。

ふっと、千葉がケンタと姉さんと一緒に車に乗って世界中を旅しているような光景が頭に浮かんできた。そして、旅先から僕に絵葉書が届く。僕の隣で清香もそれを覗き込む。

幸せな未来を想像することは、気持ちがいいと思う。今、わかった。

結論として、僕の人生の一部分はまんまと姉さんの掌の上で転がされたわけだけど、それは振り返れば楽しい時間になったのだから、そして今もなっているんだから、文句はない。

文句はないけれども、姉さんのことを知っている千葉と共通の友人はたくさんいる。もし二人が付き合っていることが皆に判明したら、あれこれ根掘り葉掘り訊かれるに違いない。

それはちょっと、いや、かなり面倒くさい。

でもまぁ、「姉は小説家だからね」で済ませてしまえばいいかとも思う。

本作は二〇一六年七月に小社より刊行した単行本『小説家の姉と』を
文庫化し、加筆修正したものです。
この物語はフィクションです。作中に同一の名称があった場合でも、
実在する人物・団体等とは一切関係ありません。

宝島社
文庫

小説家の姉と
（しょうせつかのあねと）

2025年3月19日　第1刷発行

著　者　小路幸也
発行人　関川 誠
発行所　株式会社 宝島社
〒102-8388　東京都千代田区一番町25番地
電話：営業 03(3234)4621／編集 03(3239)0599
https://tkj.jp
印刷・製本　中央精版印刷株式会社

First published 2016 by Takarajimasha, Inc.
ISBN 978-4-299-06537-7

サラと
魔女と
ハーブの庭
七月隆文
サラと魔女とハーブの庭
七月隆文